KB130880

청어詩人選 444

그냥
그렇게
걸어간다

조홍제 시집

청어

시인의 말

세월이 흘러가면 사람도 언어도 감정도 조금씩 달라진다.

문학도 그만큼 파노라마치고 우리들은 그 속에서 살아남기 위해 몸부림친다.

하지만

자연은 또다시 되돌아오고 하루하루는 변함없이 어제를 지나 언제나 내일을 향해 걸어간다.

세월을 거스를 수 없듯이 모든 것은 모든 것으로 인해 이루어지고 모든 것으로 인해 사라진다.

그렇듯이

  우리네 인생도 가끔은 세월의 흐름을 거부 해볼 때도 있지만 어쩔 수 없이 어제를 걸어온 오늘을 딛고서 아무런 일도 없는 듯이 무수한 내일을 향해 그냥 그렇게 걸어간다.

  그렇게 뒤돌아선 나도, 앞을 향해 가는 나도, 나의 글도 묵묵히 미래 속으로 그냥 그렇게 걸어가고 있다.

차례

2부 그늘을 읽다

3부 사계의 행간에서

4부　언어의 변주곡

1부

민들레꽃 향기를
맡으며

그저 그냥 좋은 날들

아침이슬 속으로 뭉게구름이 또르르 굴러가요 내 맘도 심쿵 사랑구름이 떠올라요

실바람에 땡볕이 흔들려요 미간 사이로 짜릿함이 불어와요 나도 너를 향해 예쁘게 흔들리고 있다고

째깍째깍 하루의 끝에 선 노을은 달콤한 아이스크림 맛, 내 입술에 붉디붉게 젖어들어요

오늘을 돌고 돌아 둥지를 튼 내 삶은 작고 초라하지만 사랑스럽다 사랑스럽다며 자꾸만 어루만지니 층층이 사연들이 정겨워져요 더 사랑스러워져요

창밖에 선 내 맘이 풍경에 끼어 살랑이다 이슬로 고여요 비가 내려요 사락사락 찻잔 위로 사랑비가 내려요 달콤하고 쌉쌀하게 내가 피어나요 모락모락 자꾸만 피어나요

화려하지도 소란스럽지도 않아 그저 그냥 좋은 날 그저 그냥 내게로 와요 오늘은 나도 나를 사랑하고 그저 그냥 그렇게 모든 것은 모든 것으로 다정해지면 어느새 당신은 내게 곱디고운 생의 투명한 점선으로 접혀 들지요

공생
-겨우살이

기어오를 거야 날아오를 거야
발이 없으면 참나무의 발을 빌려서라도
날개가 없으면 밤나무의 손을 빌려서라도
기어오를 거야 저 꼭대기까지
날아오를 거야 저 하늘 끝까지

우듬지에 뿌리내린 뼈들이 얽히고설켜 둥지를 틀고서
찬바람을 견디며 활짝 피워올린 황록색의 꿈들이
비로소 제 소신껏 발산하는 세포들의 숱한 기질들

고혈압, 협심증, 당뇨병, 신경통, 요통, 관절염, 면역강
화, 부종 등에 만병통치약이지 믿거나 말거나

가끔은 심사가 뒤틀리면 알레르기 구토, 설사, 두통, 발
열 등을 일으키기도 하지만
절실하게 기도하는 자만이 만날 수 있지
네발로 기어오른 자만이 가질 수 있지

그렇게 겨우살이는 겨우겨우 살아온 날들을
그렇게 겨우겨우 찾아낸 그들에게
그렇게 빌려온 것들을 기꺼이 아낌없이 다 주어버렸지
마침내 왕이 되는 순간 겨우내 모든 것을 놓아버렸지

그냥 그렇게 걸어간다

지구 한편에선 사랑하던 연인들이 헤어지고
또 한편에서는 시대를 거스르며 전쟁 중이어도
여전히 해는 동쪽에서 떠올라 서쪽으로 지는데

우리는 오늘도
붉은 노을을 바라보며 그냥 그렇게 걸어간다

삶의 행간마다 들어앉은
숱한 사연들이 기쁘거나 슬프거나 뜨겁거나 차갑거나
여전히 지구는 돌아가고 기억은 징검다리처럼 점점 멀
어지는데

우리는 오늘도
내일 또 내일을 향해서 그냥 그렇게 걸어간다

무수한 별 중에 하나인 우리들은
무수한 하루와 하루를 밟으며
무수한 모래처럼 쌓여가는 세월 속으로

꽃이 피든 말든 바람이 불든 말든

우리네 인생은 오늘도 아랑곳하지 않고 그냥 그렇게
걸어간다

밤꽃의 변론

모두들 역겹다고 난리들이지

유월이면 퍼지는 밤꽃향기가 바람둥이들 냄새라나 뭐라나

밤꽃 왈

우리는 자웅동주 몸인지라 바람 편에 그저 양향陽香을 흘렸을 뿐이고 그냥 벌들이 달려와서 화분을 훔치며 돌아다닌 것뿐이라며 부끄럼은 온전히 인간들의 몫이라며

여름 땡볕에 내내 가시집을 세우던 밤꽃들 마침내 가을바람에 유쾌하고 장엄한 자서전을 펼친다

당신도 나처럼 한번 피어보라지 단단하고 토실하게 살아가 보라지 밤송이처럼 좁은 방에서도 오순도순 모여 앉아 사시사철 익어가는 세상 이야기를 나누며 긴긴 겨울밤 화로 위의 군밤처럼 뜨겁고 뜨거운 사랑 한번 터트려보란다

왕년에 냄새 좀 풍겼던 밤꽃 왈

    우리의 성장 스토리는 언제나 구수하고 달콤한 맛을 잉태한다며 늦은 가을날 툭툭 툭 낙하하는 순간에도 파안대소하면서 가시집을 뛰쳐나온 알찬 밤톨들이 산비탈에서 반질반질 환한 얼굴로 농익어간다

역시나 튤립은 튤립이다

노랑빨강 연분홍 곱디고운 봄의 왕관을 쓴 너는
너무 정교해서 너무 도도해서 봄비도 풍경되어 흘림체
로 내리고

어제는 자존심을 먹고 산다는 네가 좋아 너무 좋
았지만
오늘은 자존심조차 버리지 못한 내가 너무 싫어지고
내일은 목석같은 너의 근성이 괜히 버거워만 지는데
글피는 한때를 빛내고서 추락하는 순간에도 고고한 빛
깔로 출렁이는
너의 자락에서 하릴없이 나이만 먹는 나는 자꾸만 부럽
고 부러워지는데

바람에 물려 툭, 한 번의 몸짓으로 내려앉은 이별광장
에서도
노랑빨강 연분홍 종소리를 울리며 또다시 피어나
는 너는
살아서도 튤립 죽어서도 튤립튤립 언제나 튤립을 노래
하는
봄, 화사한 봄날의 궁전에서 튤립튤립 튤립 영원한 튤
립으로

삼백육십오일 초라해지는 나를 매일매일 못 본 척 미동
조차 없는 무심한 튤립

 검劍을 차고 스스로 왕관을 쓰고 태어난 너는 역시나
도도하고 고고한 왕가의 혈손인가 보다

묵묵히, 나는 익어간다

네 잎의 큰 나무가 담벼락을 타고 바람꽃이 필 때면
소금에 절인 마지막 계절은 서둘러 김장을 담그는데
꼭 감싸 안은 포기마다 알싸하게 버무려진 엄마 냄새
가 난다

그렇게 내 엄마도 매운 가슴으로 묵묵히 살다 가셨
지 하고

일상은 어김없이 도돌이표로 돌아와 적막을 틀어놓
고서
가끔은 식욕을 돋우는 색다른 반찬을 올리기도 하는데
오늘은 TV에서 제주올레길을 소개하는 화면을 타고서
놀멍쉬멍 걸으멍* 내게로 다가오는 그립고 그리운
얼굴들

아! 보고 싶다 양념처럼 찐하게 묻어나는 내 친구야

어느새 하루해를 다 버무린 항아리가 발간 아가리를
닫을 즈음
휘어져가는 내 나이테를 어루만지며 인생 뭐 별거 있나
싶다가도

아직은 색색의 김치 속처럼 속 모를 내일의 맛이 있으
리라 기대해 보는
설렘으로 익어가는 날들이 행과 연을 지나 고운 문장
으로 숙성될 때

비로소 나는 나를 구속하는 오랜 익숙함의 껍데기를
훌쩍 벗어 던진다

*놀멍쉬멍 걸으멍: 놀면서 쉬면서 걸으면서(제주방언)

택배, 오늘의 미션은

코로나19로 닫힌 현관문 앞에 놓여있는 택배박스는
사천 사는 작은언니의 무사 안위를 염원하는 안부
편지다
열어보니 부추 무말랭이 고구마순 등등이 들어있고
아니 농사짓느라 거칠어진 언니의 얼굴이 웃고 있었다

따지고 들면 참으로 별거가 별거 아니다 싶겠지만
내게는 무엇보다 소중하고도 반가운 것들이다

너무 일찍 세상 떠난 엄마 덕분에 그저 평범하고도
사소한 것들에서 나는 늘 친정이 그립고 외로웠다
친정엄마가 해주신 김치나 밑반찬, 걱정들에 목말랐던
것이다

어느새 내가 친정엄마가 된 지금에야 도착한 선물상
자는
언니의 땀 냄새를 먹고 자란 채소들이 풀풀 고향냄새를
풍기고
아니 엄마냄새를 닮은 것 같은 정겨움과 달달함마저
묻어있었다

가져보지도 못한 채 이미 오래전에 잃어버린 줄만 알
았던

언제나 그립고 부럽고 갖고 싶었던 친정이 배달되어 온
것이다

알고 보면 언니오빠 내게도 늘 친정이란 것이 있었던
거다

그저 부대끼며 살아온 세월 속에 서로를 품고만 있었던
거다

오늘은 바이러스에 꽉 막혔던 소통의 길목을 열어주는

마음 한 자락 풀어내면 작은언니와 나는 마침내 엄마
와 딸이 되었다

허공의 집

경남 사천시 서포면에 있는 집 한 채는
얼마 전까지 작은언니가 살던 곳이다
그때는 몰랐다 그 집이 내 마음의 고향이 될 줄은

작은언니 부부가 갑자기 세상을 떠난 뒤 내 안에는 허
공이 생겼다
친정 식구들의 단명으로 둘만 남은 우리는 서로를 의
지했었나 보다
가끔은 보고 싶고 가끔은 귀찮기도 했던 사이가 홀로
언니 장례식장에 갔다

지금은 사천시라는 말만 들어도 가슴이 저려오는 그곳

마침 인간극장 재방송에서 서포면 외딴섬에 사는 가족
들을 보는데
혹여 언니네 주변이 나올까 눈여겨봤지만 그 흔한 부
추밭도 굴막도 보이지 않고
우연히 특종세상에서 케이블카를 타는 서포면에 사는
101살 노인을 보면서
언니의 권유로 아이들과 함께 새로 생긴 아라마루 아
쿠아리움*에 갔을 때

그때 그 케이블카를 타볼걸 이제는 다시 갈 일도 없을 것 같고
것 같고
 이제는 다시 탈 일도 없을 것 같아 후회와 슬픔이 밀려왔다
려왔다

 언제부턴가 'ㅅ'에 달라붙은 나의 트라우마는 그리움과 외로움으로
외로움으로
 불현듯 언니에게 전화를 걸고 싶어지고
 불현듯 언니 집에 놀러 가고 싶어진다

 경남 사천시 서포면에는 내가 죽기 전에는 잊히지 않는 곳 내 마음을 지워가는 슬픔과 그리움이 파도치는 곳 따뜻한 엄마의 자궁을 더듬어 가는 마지막 추억의 그 바닷속에는 언니의 손길이 멈춰버린 웃자란 부추가 시퍼렇게 깃발처럼 펄럭인다

 *아라마루 아쿠아리움: 경남 사천시에 새로 생긴 수족관

어느 첫날의 단상斷想들

새벽비가 내리는 어느 12월의 첫날 뜨거운 찻잔 속에
어제와 어제를 휘휘 저으면 오늘의 진한 향기는 나를 마
시고 내일로 걸어가는 시간 속으로 겨울비 내내 내린다

커피처럼 쌉싸름한 숱한 나의 첫날들 부모님의 막내딸
로 태어나던 날 첫돌 첫 입학 첫 생리대 몰래 빨던 날 그
렇게 어른이 되고 엄마가 되고 많은 시행착오 속에서 아
이들을 낳고 자라고 마침내 첫딸의 결혼식 날에 늘 가슴
에 옹이로 박혀있던 친정엄마라는 그 이름을 내게 달아
주었지

그렇게 또 무수한 첫날의 발자국들이 찍히고 바래어가
도 언제나 첫날은 설렘과 두려움이 공존하는 것

삶의 매듭마다 불거지는 기억들 중에 소중하지 않은
것이 있겠냐만 또다시 이어지고 끊어질 인연 속에서 어느
날 아무런 준비도 없이 겨울 노후의 마지막 그 첫날에 덜
컹대는 인연의 굴레를 남겨두고서 떠나는 먼 풍경의 허기
진 잔상殘像들의 울음소리에 내 식은 찻잔이 또다시 왈
칵 달아오른다

아무도 모른다

그들은 무슨 큰 죄를 지었을까
어쩌다 태어나서 죽지 않으려고 살아온 날들
누구의 자식으로 형제자매로 부모가 되어가는 과정
에서
누구보다 최선을 다했다는 자부심은 어디다 던져버
리고
스스로를 부정하며 깡그리 지워버리고픈 불치병을 앓
는 사람들

도대체 그들의 마지막은 무슨 생각이 들었을까
그렇게 당신의 세포마저 다 태워버린 까닭은
행여 삶의 비리가 있어서 누구에게 들킬까 봐 두려
웠을까
행여 누구의 원망 소리 하나도 용납하고 싶지 않은 욕
심이었을까
스스로의 선택으로 모든 것을 다 던져버린 그 행위에서
얼마나 비참하고 얼마나 고통스럽고 쓸쓸한지 한마디
도 없었지만
남은 자들은 영원히 기억하고 기억한다 더 뜨겁고 더
아프고 더 쓸쓸하게 웃으며

모든 것은 다 지나간다

바람이 불어온다 빌딩숲을 지나서 쪽방촌으로
구름이 흘러간다 도시를 가로질러 묵정밭으로
비가 내린다 골프장을 지나 삶의 치열함 속으로
흘러간다 바람도 구름도 비도 나도 아무개도 흘러 흘
러간다

머문다는 것은 낭패를 보는 일 그렇게 흐르고 흘러 흐
르다 보면 너도나도 흘러가고 모든 것은 다 모든 곳으로
흘러 흘러간다

긴 장마에 흙이 쓸려간다 쓸려온다
둑을 쌓고 물길을 다듬으며 어제도 오늘도 쓸려간다
씨를 뿌리고 싹이 돋아나면 꽃이 피고 열매가 열리고
익어간다
시간도 나이도 나도 익어가고 우리는 모두 익어간다

그렇게 익고 흐르고 익고 흐르다 보면 사랑도 청춘도
다 지나가고 어느 날 부스스 피어난다 견디고 견딘 생의
울타리에 오랜 기다림의 꽃 죽단화*가 피어난다 노랗게
노랗게 울어댄다

툭툭 계절을 갈아입고서 흩어지는 꽃잎들 어느새 삶의
향기가 색색으로 불어댄다

*죽단화: 겹황매화(꽃말: 숭고, 기다림)

단지 운수는 운세를 걸고넘어질 뿐

양산 홍룡사 가던 길을 잘못 들어 통도사로 들어섰다

때마침 그곳 성보박물관에서 귀한 괘불탱화 전시회가 열렸네 참말로 땡잡은 기분이었지

다시 목적지로 돌아가던 중 허기진 배가 찾아든 그냥 아무식당에서 뜻밖의 맛 한상을 받고서는 한껏 들뜬 입들이 쥔장의 수제 막걸리 한잔에 더 얼큰하게 취해버린 우리는

그렇고 그렇게

온종일 헤매다가 돌아온 창원의 맛집이 하필 또 휴무일이네 피식 웃으며 그냥 그 옆집에서 저녁을 먹는데 어쩌면 좋노 살살 녹는 고기 맛이 참말로 미치고 환장할 지경이었지

엇길 엇박자로 돌아온 하루

인생 뭐 별거 있나 싶다가도 꼬인 운세에 잠시 당황하다가 헛발질에 돌부리도 차이겠지만 어쩌다 그 돌멩이가 햇살을 듬뿍 먹어버리면 아픈 발가락에도 황금빛이 차오를 수도 있겠지 그런 기대로

가끔은 내가 노랗게 구수하게 발효가 되던

오늘처럼 단지 운수는 운세를 걸고넘어질 뿐 한번 해 볼 만하다고 여기면 얼씨구 내 안에도 반짝반짝 햇살이 피어나겠지 어절씨구 내게도 찬란하고 찬란한 위로의 꽃이 피어나겠지 싶어지는데

기대는 기대로 피어나고 나는 나를 기대하다 보면 가끔은 삶의 꽃밭에도 황금빛 꽃이 활짝 피어나고 어느 날 나도 황금빛으로 활짝 피어나겠지

동행
-FT* 자격증 도전기

어느 날 길을 걷다가 우연히 낯선 길 하나를 발견했지

목적지도 모른 채 호기심 하나로 무작정 따라나선 길
　조금 더 가다 보니 예쁜 친구들을 만나고 멋진 친구들
도 만났지
　신이 나서 룰루랄라 달려갔더니 갑자기 우리를 가로막
는 높고 단단한 벽

굳게 닫힌 성문城門이 서 있었지

돌아가기엔 이미 지친 몸들이 꽉 막힌 길목에서 잠시
주저하다가
　이왕지사 왔으니 그냥 갈 수 없다며 톡톡 그 자리에 꽃
씨 하나씩 심었지
　한 계절이 지나 새싹이 돋고 또 한 계절이 지나고 웃음
꽃이 피어나고

너풀너풀 비바람 속에서도 서로 손을 맞잡고 뻗어나간
넝쿨들이 담장을 넘어서
　마침내 들어선 성지城地에서 갇혀있던 꿈들이 쑥쑥 햇
살 속으로 뿌리를 내렸지

그렇게 봄여름가을겨울을 다지고 다져온

무지개동산에서 서로 끌어주고 밀어주던 여덟 그루 꿈
나무가
활활 활 열정의 꽃 피워올린다 가지마다 맺힌 햇살풍
선을 불어댄다

*FT: facilitator(퍼실리테이터)의 약자

화려한 외출

겨울로 떠나는 새벽, 강릉 고속버스에 올라 유리창에 핀 하얀 꽃송이를 으깨보면 어느새 감실감실 첫사랑이 따라나선다

사방에 널려있는 하얀 풍경들

그 풍경 속에 발이 묶여버린 길 위에서 모두가 동동거리는 틈을 빠져나온 나는 시리도록 먼 어제들을 밟아 가는데 사박사박 자국마다 청춘의 고운 언어들이 소란스레 피어난다

잠시 햇살을 먹고서 다시 시동을 거는 새벽

나를 스치며 지나가는 발랄하게 차려입은 10대 버스가 까르르 깔깔 웃으며 달려가고 쿵작쿵작 멋지게 치장한 20대 버스가 신나게 달려간 뒤 30대 좌석버스마저 초스피드로 지나간 자리 굉음으로 달려오는 40대 주부구단 버스가 찌-익 내 앞에서 브레이크를 밟고서 주춤대는 나를 자꾸만 재촉하는 그때

환청처럼 울어대는 초인종 소리에 화들짝 깨어난 일상
은 여전히 칭얼대고 창틈으로 한줄기 햇살이 가시처럼 박
혀들 때 "엄마 빨리 문 열어" 학원 다녀온 딸의 짜증스런
목소리에 마침내 곱게 꽃물이 들던 내 짧은 외출도 끝이
나고

　돌아왔다 유별난 입맛들이 기다리는 나의 아지트로

　아쉬움은 팍팍 양념으로 던져 넣고 시고 달고 쌉쌀하
게 간을 맞추어 엄마를 아내를 버무려대는 바쁜 일상 속
으로 날이면 날마다 나를 썰고 다듬고 조리하는 주방으
로 유일하게 내가 재생되는 곳 쉬지 않고 나를 출력하는
성능이 아주 좋은 만능복사기 속으로

마더, 영원한 나의 노스탤지어

오래전에 떠난 엄마는 늘 내 곁에 있었지

오늘은 냄비 속에서 보글보글 끓어대는 시래기로 세상
살아가는 법을 알려준다

아무리 질긴 심장도 어르고 다독이면 부드러워진다는
엄마의 오랜 손맛으로 달콤하고 매콤하게 잘 익어가는
시래기엄마로

냉장고 속에는 엄마를 닮은 식혜가

숱한 어제를 돌고 돌아서 먼 고향집 뒤꼍 단지 속에서
살얼음으로 떠도는데 엄동설한에도 하얀 미소로 잠시잠
깐 내 시린 속내를 활활 데워주는 밥알엄마로

한때 청춘의 맨홀 속을 질척일 때면 어김없이 회초리로
달려오는 당신은

시시때때로 간섭하는 숨은 조력자, 언제나 소중하고 귀
한 인간존재론 백서로서 내 안에 궁을 세우고 나를 다스
리는 온 우주의 영원한 군주엄마로

세상에서 제일 좋은 사람

내가 제일 닮고 싶은 당신에게 언제나 어린 딸로 살고
싶었지만 어느덧 엄마보다 더 엄마가 되어버린 나를 내
엄마가 엄마, 엄마라고 부른다

냄비 속의 시래기가 식혜 속의 밥알들이 자꾸만 나를
엄마, 엄마라고 불러댄다

오래된 연애

먼 어제의 골목에 들어서서 삐- 잠시 호흡을 가다
듬고서

찰랑찰랑 차르르 찰칵 "여보세요"
수화기 속에서 사랑스런 목소리가 흘러나온다
"응 영자야 내다 오빠다 정수오빠야"
"응 그래 오빠야 와"
"내가 말이제 내가 니를-
니를 참말로 마이 사ㄹ삐삐삐-"
뚜뚜 뚜- 욱

어느새 먹통이 되어버린 수화기 저 너머로 미처 내뱉지
못한 내 미래가 한참을 방황한다

낯선 시간 낯선 공간에서 우연히 마주친 낡은 공중전
화 부스를 반가움에 한달음으로 달려가서는

찰랑찰랑 차르르 찰칵 삐- 두근대는 심장을 가다듬고서
행여 놓칠세라 꾹꾹 누른 내 오랜 사랑이
예쁘고 상냥한 목소리로 내게 속삭인다

지금 거신 번호는 없는 번호입니다
다시 확인해 주세요
뚜뚜 뚜- 욱

냉정하게 끊어진 머-언 수화기 속에서
방실방실 웃고 있는 영자가 뛰어나간다
오래된 짝사랑이 삐삐-삐익 자꾸만 울어대고
영자가 점점 달아난다 멀리멀리 저 멀리로

어느새 꼭꼭 묻어두었던 나의 지병, 가슴앓이가 또다시
배알도 없이 확 도져온다

어머니의 초상

누워 계신 어머니는 오늘도 맘은 콩밭으로 달려가신다

그 옛날 하루도 쉬지 않고 오기로 버틴 날들이 눈에 선해 안방에 누워서도 식은땀 흘리며 내내 콩밭을 매신다

누워 계신 어머니는 오늘도 맘은 부엌에 들어가신다

장가간 큰아들이 읍내에서 돌아오면 서둘러 당신 손으로 따뜻한 밥상 차려주고 싶어서 며느리가 차려준 밥상 앞에서 요리조리 부산을 떨며 뜨거운 김 후후 불고 계신다

누워 계신 어머니는 오늘도 맘은 고운 옷 입고 나들이 가신다

매운 세상살이에 당신만의 지혜를 나눠주고 싶어서 오남매 집 오가느라 큰아들네 아랫목에 누워서도 날마다 종종걸음치신다

누워 계신 어머니는 오늘도 나를 부른다

환갑 진갑 다 지난 아들이 길 나설 때면 얘야 울지 말
거라 배곯지 말거라 아프지 말거라 차 조심해라며 조그
맣고 둥근 엄마의 집 지붕 위로 쑥쑥 자란 쑥이 어서 오
라며 파랗게 새파랗게 손을 흔들어댄다

겨울 칸탄도

찬바람으로 불어대는 나의 판타지에는

엄마가 있고 고향의 작은 집 한 채가 있고 뒤꼍 텃밭에는 새파랗게 들끓는 청춘들이 있고 그 골 사이로 동동거리는 털신도 있다

이맘때면 늘 월동준비로 분주하던 당신은 텃밭에서 노숙으로 까칠해진 성깔들을 거둬들여 잘 다독여서는 묵은 때 말끔히 씻어주면

어느새 파랗게 기죽은 얼굴이 소쿠리 속에 수북해진다

잠시 한낮의 나른함을 타고서 아무렇게나 던져놓은 빛바랜 고무대야와 소금바가지가 흘러나오고 낡은 소쿠리가 뒹구는 마당 한편 수돗가에는 걸쳐놓은

엄마의 젖은 열 손가락이 햇살을 먹고 빨갛게 말라간다

어느새 저물어가는 하루가 아궁이 속에서 활활 타오르면 구들목으로 옹기종기 둘러앉은 입맛들을 죄다 모아서는 소쿠리 속 생기 없는 청춘들을 능숙한 화장술로 때깔 내주던 굳은살 진 엄마의 그 손길이 살갑기만 하던 날

문지방으로 웃음꽃이 드나들던 긴긴 겨울밤이면

훈풍처럼 불어오는 엄마냄새가 먼 고향집 뒤뜰을 돌아서 이제는 한참을 늙은 아이가 작은 아이 손을 잡고 돌아가고 싶은

그때 그 시절이 매콤한 항아리 속에서 새콤달콤하게 익어간다

헛헛하다 쉼 없이

사는 것이 헛헛하다는 것은
뱃구레가 비어서도 맹한 것만도 아니고
그저 그냥 거시기하게 외롭기 때문이다

사는 것이 헛헛하다는 것은
우리가 들고 있는 가방이 명품이 아니어서도
그 속에 돈이 한 푼도 없다는 것 때문도 아니다
그저 그냥 거시기하게 슬프기 때문이다

괜히 거시기하게 외롭고
괜히 거시기하게 슬프다는 것은
괜히 헛헛해지는 날 민망함에 더 헛헛해지고
그럼에도 불구하고 헛헛해서 우리는 또 살아간다

거시기를 모르고 거시기를 모른 채 거시기에 빠져든 거
시기한 사람들 속에서 거시기한 오늘과 더 거시기해진 내
일글피도 거시기하게 살아가는 우리는 헛헛하다 언제나
거시기하고 또 거시기한 나날 속에서 거시기하고 거시기
하게 걸려서는 한바탕 나자빠지면서

바다에서 굴절되다

무심한 일상의 자맥질에 지쳐가던 어느 날

하늘도 식은땀을 줄줄 흘리는데 무작정 달려간 저도*
무뚝뚝한 그 사내가 와락 나를 껴안는다

풍경으로 서 있는 그 사내 단단한 가슴을 휘휘 저어보
면 어느새 갯내 찐한 낯익은 얼굴들이 출렁댄다

오늘이 점점 굴절되어가는 붉은 콰이강의 다리는 숱한
사랑언약이 찰랑대고 언제였는지 기억조차 가물대는 어
제들은 파도에 휩쓸려 늙어만 가는데

시퍼렇게 날 세운 저 바다는 거품보다 더 창백한 나를
붙잡고 한사코 지켜주겠노라며 자유를 결박하는 빗속으
로 철썩 철-썩 거칠게 울어댄다

아스라이 삶의 등대가 푸르른 청춘을 지나 불혹의 강을
건너서 맨발로 들어서는 무지개가 숨어든 회한回翰의 바다여
옛 임이여 언제나 나를 부르며 거기 그렇게 붉게 서 있어라

*저도: 경남 창원시 마산합포구 구산면 구복리에 있는 섬

2부

그늘을 읽다

어쩌다 폭탄이 된 엄마들

우리는 아기였다가
엄마 품에 안긴 사랑스런 아기

우리는 여자였다가
그러다 어느 날 아내가 되었다

우리는 또 엄마가 되었지
어쩌다 보니 되어버린 엄마로서

우리는 그렇게 늙어갔다
아이들을 키우다 생긴 쭈글쭈글 주름진 얼굴로

어느 날부터 우리는 또다시 폭탄*이 되어버렸다
자신도 모르게 세월이 제작한 위험물이 머릿속에
설치된

우리는 무지무지 힘이 세다
우리 안에는 모두가 두려워 피하고 싶어 하는 파괴력이
있었지

그런데 무서울 게 없는 우리는 왜 자꾸만 무서워질까
그런데 왜 우리는 자꾸만 슬퍼질까
그런데 왜 우리는 자꾸만 비참해질까

우리가 지은 죄라곤 열심히 산 죄밖에 없는데 서로 내
엄마라던 그 시절은 어디로 사라지고 언제부턴가 서로
'너의 엄마잖아'라고 밀어내는 어느새 미운오리새끼 가정
파괴범이 되어버렸다

우리도 돌아가고 싶다 요양원이 아닌 그 옛날 여자로
아니 내 엄마 딸로 아니 엄마 뱃속으로 아니 태초의 공
간 너머로 언제나 완벽한 여자 온전한 자아를 지닌 나
에게로

*신미균 시인의 시 「폭탄 돌리기」를 읽고

도시都市의 뻐꾸기

도시가 둥둥 떠다닌다 회색물살을 타고 어느새 나도 회색울음으로 태어나고
　그 속에서도 뻐꾸기는 울었다 뻐꾹뻐꾹 뻐-어꾹

　솔숲을 빠져나온 뻐꾸기가 아파트 석회기둥에서 울었다
　내 몸속에서도 울어대던 생채기들이 자꾸만 허방으로 곤두박질친다
　그 속에서도 뻐꾸기는 울었다 뻐꾹뻐꾹 뻐-어꾹

　흘러가는 것들은 흘려보내고 오늘도 나 혼자 잿빛시간을 걸어간다
　째깍째깍 뻐꾹뻐꾹 뻐-어꾹 그 속에서도 어김없이 뻐꾸기는 울었다

　삶은 좌표를 수직으로 세워놓고 삐딱하게 올라선 운명들을 막무가내로 흔들어댄다 나도 흔들리고 흔들린다 그 속에서도 여전히 뻐꾸기는 울었다 뻐꾹뻐꾹 뻐-어꾹

　마침내 드러눕는 기둥들 지쳐 드러눕고 드러눕는다 지친 내가 쓰러지고 시간도 쓰러지고 사라지고 사라진다

도시도 나도 뻐꾸기도 그리고 뻐꾸기는 울었다 눈치도
없이 울었다 밤새 목 놓아 울고 또 울었다

  사라진 뻐꾸기가 울고 돌아온 뻐꾸기도 운다 어제의
도시 속에서 내일의 뻐꾸기가 운다 째깍째깍 째깍 뻐꾹뻐
꾹 뻐-어꾹 내일의 도시 속에서 뻐꾸기가 운다 어제의 내
가 어제의 뻐꾸기가 울고 내일의 뻐꾸기도 내일의 나도
울고 자꾸만 운다 째깍째깍 째깍 뻐꾹뻐꾹 뻐-어꾹

  죽어간다 도시도 뻐꾸기도 나도 깃털이 휘날린다 쌓인
다 오늘의 무덤 위에서 깃털의 무덤 속에서 뻐꾹뻐꾹 뻐-
어꾹 여전히 뻐꾸기는 울고 나는 깃털처럼 울었다 어느새
내일모레글피 또 내일이 회색으로 자욱하다 사철이 자욱
하다 온통 자욱하다

그냥 그렇게 살아

그 여자를 보면 괜찮아 어떻게 사느냐고 묻는다 짊어진 집이 무겁고 불안해서 부숴버린 날부터 그들은 묻고 또 묻지만 언제나 그 여자는 "그냥 그렇게 살아"라고 말할 뿐이다

그래 그냥 그렇게 살아 정말 그렇게 살아 아무 생각도 없이 아무 대책도 없이 그냥 그렇게 살고 있었던 거다

처음에 그 여자가 사고를 칠 때는 결코 계획했던 일은 아니었지만 그래도 완전한 무계획은 또 아니었지 싶어 첫째는 집이 너무 무거웠고 자꾸만 바람이 불었지 너무 좁았지 너무 오래 참았지 먼저 썩어 기울어지는 중심기둥을 후다닥 뽑아냈지 갈라진 벽을 좀 두드렸어 그런데 무너졌어 그냥 하늘이 보고 싶었던 거야 구름을 따라가고 싶었던 거야 그냥 그랬던 거야 그런데 무너졌어 그냥 무너져버렸어 둘째는 그 여자 아이들을 다시 낳고 싶었어? 아이 말은 다 자라버린 아이가 아닌 조금은 덜 자란 아이 아직은 심장이 뛰는 아이를 낳고 싶었던 거지 꿈을 심어주고 미래의 눈동자를 그려주고 싶었던 거지

그래서 문을 열어놓았어 문을 떼어버렸어 바람이 세차

게 불었지 그러자 문이 나가버렸어 문이 날아가 버렸어
저 멀리 아주 멀리

　그들은 또 물었지 "지금은 괜찮아"라고 아니라고 말했
지 그녀에겐 또다시 벽이 생기고 또다시 문이 생기고 또
다시 방에 갇혀버렸어 원망이 점점 쌓여가는 그 집이 또
다시 그 여자 등을 누르고 불안의 기둥이 심장을 찔러댔
어 그래도 후회는 없었지 언제나 벽은 쌓이고 헐고 바람
은 불어대고 하늘은 높고 구름은 흘러가겠지 그 여자도
언제나 그냥 그렇게 살아가겠지 어떻게 사느냐고 묻고
또 물어도 "그냥 그렇게 살아" 그 여자는 또 대답하겠지
언제나 썩은 기둥은 뽑아내버릴 거라고 그리고 삐꺽대는
문도 떼어버릴 거라고

　그렇게 또 기둥이 문이 날아가고 그렇게 또 기둥이 썩
어가고 문이 닫히고 열리고 바람이 불어와도 남은 서까
래를 붙들고서 그냥 그렇게 살아가는 거지 뭐 그런 거지
바람 따라 구름 따라 문을 닫고 문을 열면서 거세지는
비바람 속에서 그냥 그렇게 살아가는 거지 뭐

픽, 그만 무릎을 꿇었다

오랫동안 미루었던 정비소로 갔었지

유일한 재산 내 11번 자가용을 끌고서 언제부턴가 굴릴 때마다 자꾸만 무릎을 찔러댄다 더 이상 참을 수 없는 통증에 불안이란 무거운 짐을 싣고서 갔었지

일차 점검 중

"타이어가 말썽이네요 아니 휠이잖아 너무 오래 방치한 탓에 찌그러졌네" 나보다 더 담담한 정비사의 말에 참말로 선심 서듯이 차체를 두루 둘러보며 시큰둥한 표정으로 툭툭 건드려봤지 여기저기서 끙끙대는 꼬락서니하고는

이차 점검으로

시동을 걸어봤지 뿌드득뿌드득 픽 순간 거칠게 울어대던 맥박이 멈춰버린다 "체인이 터졌네 연식이 오래되어 부품이 없을 텐데" 또다시 무심하게 던지는 정비사의 말에 순간 현기증이 이는 무릎을 끌어안고서 후회와 고민이 점점 쌓여갔지

삼차 점검에

대충 입막음으로 사용된 너와의 거래가 들통나고 내
삶의 궤도가 터져나간다 마침내 덜컥 서버린다 툭툭 불
거지는 지난날의 가시들이 자꾸만 찔러댄다 쳇바퀴 속으
로 콕콕 박혀든다

폐차 직전의 차 나 몰라 외면하는 냉정한 똥차에 올라
타고서 지지리 궁상인 몸뚱이가 어쩔 줄 몰라 그만 픽 주
저앉아버린다 길들이 우두둑 무너지고 생의 계단이 삐뚤
삐뚤 치솟는다 마구 뒤틀린다

저 멀리서 어제와 어제들이 모서리를 세우면 내일이 휘
청대고 어느새 먼 훗날의 내가 안갯속으로 곤두박질친다

낚시 1

아슬아슬 갯바위에 올라선 숱한 배경들이 다투어 자리를 잡고 서면

하나둘 낚싯대들 멀리뛰기가 시작되고 따라나선 욕심들이 뾰족한 질문으로 바다를 찔러댄다

간간이 짜릿 찌릿해지는 손맛들

설렘으로 끌어올린 낚싯줄에는 새파랗게 질려버린 파래만 줄줄이 엮여 나오고 풍덩 풍-덩 너도나도 또다시 유혹의 입맛들을 끼우고서 멀리멀리 더 멀리 던지면

이크! 이번에는 데이트하다 걸린 불가사리 한 쌍이 민망함에 얼굴이 붉어지는데

어느새 저물어가는 하루를 향해 멀리서 등대가 사방팔방 불꽃을 쏘아댄다

이래저래 허튼 낚시질에 시린 엉덩이를 툭툭 털며

오늘은 왠지 밑진 장사만 했나 싶다가도 아니지 내 잠
시나마 근심걱정 잊었으니 이만하면 세상사는 재미 또한
월척 중에 월척이 아닐는지

낚시 2

  용왕표 낚싯대를 메고 요트를 타고 낚시터로 떠난 사
람들
  밑밥으로 머니를 던지고 넓은 인맥 속으로 낚시
를 한다
  잠시 후 요동도 없는 물살 위로 대어들이 줄줄이 올라
오고
  어느새 갑판 위에 둘러앉은 술상은 유명함이란 명함들
이 즐비하다

  주인 없는 한 모퉁이 뻘밭에는 갯지렁이 파 뒤집는 낚
시꾼들이 아슬아슬 갯바위에 서서 끈적대는 반항을 대나
무작대기에 끼우고

  낚시꾼 1이 던진 낚싯대는 학연에 걸려 한 치도 못 간
괘씸죄로 바닥만 긁어대고
  낚시꾼 2가 던진 낚싯대는 지연에 걸려 애꿎은 파래만
줄줄이 엮여 나오는데
  낚시꾼 3이 던진 낚싯대는 혈연에 불만인 성난 복어새
끼가 부푼 배를 내밀고 허공에서 앙탈이다

세상만사가 천태만상이라 꾼에도 일류 이류 삼류가 있고 낚시 포인트에도 층이 있고 미끼에도 급수가 다 다른데

　부유층 포인트는 팔짱 끼고서도 척척 대어만 건져 올리고
　서민층 포인트는 죽도록 던지고 던져도 잡어들만 걸리는데
　별짓을 다 해도 비늘 하나 비린내조차 맡을 수없는 빈민층 포인트는
　오래전 헤밍웨이가 내다 버린 썩은 생선뼈조차 감지덕지라며 우리고 우려 국 끓여 먹는

　세상의 낚시터는 생선도 없고 너도나도 없고 우리도 없는 잘난 너만 존재하는 뭐니 뭐니 해도 지독한 머니 머니의 비린내만 진동하는 온통 머니 머니의 세상이다

고독

찬란하게 피어나는 불빛들 내 안에서 쓰러지고 심지마저 덮어버린 저 검은 커튼 사이로 차디찬 꽃들이 피었다

언제나 숨어서 엿보는 유리창은 질퍽한 언어들을 쏟아내고 내 입김은 꽃보다 더 차가워 녹이면 녹일수록 꽁꽁 얼어붙는다

밤이면 밤마다 문을 열어놓아도 기척조차 없는 동굴에서 너는 깊숙이 더 깊숙이 숨어들어 우우 바람으로 불어대다 바람으로 쓰러지고

아침이면 사라지는 얼음집의 주인도 가끔은 미래를 꿈꾼다는 것을 그 누구도 눈치채려 하지 않는 무채색이 삐쭉삐쭉 돋아난 가시울타리엔 햇살마저 축축해진다

무언無言은 잠시 희미하게 들어서는 이웃의 등불에 기대어 스위치를 올려보지만 속눈썹 하나 까딱하지 않는 상한 영혼의 붉은 울음소리만 빈번해지고

어둠을 먹고 어둠을 뱉어내는 눈이 없는 짐승이 뒹구는 곳 시간의 무덤들이 얽히고설킨 방 너는 입술마저 봉인된 지독한 무인도다

빙원氷原

대지 위에서

순백으로 피어나는 언어가 상냥한 가면을 쓰고서 햇살을 굴리면 태연히 삼켜버린 생명들이 하나둘 배경으로 들어선다

타투로 박힌 동백꽃 향기가 입술과 입술을 건너 붉게 번지면

욕망으로 부대끼는 저 유리성에는 침묵의 목소리가 중심을 놓치고 산산이 부서진다

쫙-쫙 여기저기 풀어놓는 상처들의 항변으로

마침내 바람과 내통하는 맨살의 도발적인 저 단단한 음모는 끝을 모른 채 세상을 몽땅 화석으로 만들어버릴 심사인가

횡횡 횡 흔들리는 시간을 물고서

온몸으로 유혹하는 반짝이는 행간에서 차갑게 더 차갑게 날 세운 너의 냉소가 색색의 그림자를 내뱉으며 아우성이다

가위질에 휘날리는 파편들

싹둑싹둑 자르고 또 잘라댄다

별 달 꽃 새가 되고픈 꿈들이 제멋대로 잘려나간 뒤 마침내 쓰레기로 전락해버린 인생들

원죄를 물으면 난 모르오? 그냥 태어난 죄밖에

중소기업 말단 김 대리는 탈모가 된 세월이 칭칭 칭 뱀처럼 똬리를 튼 구차한 제 모습에 울화통이 치밀면 전전날 먹다 남은 시큼한 막걸리 한잔에 삐쩍 마른 멸치를 씹어재낀다

난 정말 모르오? 삐걱대는 의자를 붙잡고 그냥 죽기 살기로 버틴 죄밖에

허구한 날 갑질로 날 세운 가위 앞에서 주눅 든 모가지로 숨 쉬는 하루살이 인생들이 제 이름조차 을을 을 잘려나가고 자르고 잘라도 잘리지 않는 질긴 태생만 문신처럼 박혀든 상처투성이 저 꽃잎들

둥둥 떠도는 마음들이 벼랑 끝에서 난 모르오? 정말
모른다며 소리소리 지르다가 뻘겋게 시뻘겋게 웃어댄다
엎어지고 자빠지며 허공처럼 웃어댄다

도둑놈의 세상

밤은 하루를 훔치고 하루는 세월을 훔쳤다

아이가 도둑맞아 어른이 되고 그에게 도둑맞은 나는 도둑의 아내가 되었다

그날 이후

시간을 훔치고 언어를 훔치고 양심마저 훔치다 점점 간이 커진 도둑 또다시 도둑의 도둑을 훔치다 마침내 세상마저 훔쳐버린 도둑놈의 소굴에서 기분 좋아 낄낄대며 열어본 상자 속에는 아뿔싸 이미 도둑맞은 내가 히죽대고 있었지

그 후 온전한 것은 아무것도 없었다

고해성사하는 도둑 고해성사 받는 도둑 도둑질하는 도둑 도둑놈 잡는 도둑 온통 도둑들만 우글대는 도둑놈의 틈에서 심장마저 도둑맞은 도둑놈들이 온 지구를 휘젓고 휘저어대다가

마침내 간이 배 밖으로 튀어나온 도둑들 텅 빈 내부가
둥둥 둥 지구를 떠돌고 떠돌다가 저 높은 우주까지 기
웃댄다

바퀴벌레들의 잔상

종말을 고하는 어떤 의식에도 낄낄대며 숨바꼭질하는 너는

어쩌자고 그리도 모질고 모진지 어둔 밤에 살금살금 기어 나와 그 작은 체구로 덩치 큰 짐승들을 당황시킨다

사시사철 언제나 초대받지 못한 손님일진대 가끔은 일그러진 인간의 모성애를 볼 때면 하찮은 너의 존재가 죽음 앞에서도 놓치지 않는 왕성한 번식률에 잠시잠깐 놀라울 따름이지

그저 태어난 김에 살아가는 인생들이 구차한 변명들을 늘어놓을 때면 너와 나 우린 한낱 작은 벌레처럼 두려움과 초라함만이 꿈틀거릴 뿐인데

썩은 냄새가 진동하는 족속들이 코로 먹고 입으로 탐색하는 저 상한 입들이 대책 없이 뱉어내는 어불성설에도

자꾸만 태어나는 눈먼 바퀴벌레들이 구석구석 싸질러대는 지독하고 지독한 구린내가 허공을 온통 뒤덮어간다

편견에 걸리다

무심코 내다본 베란다 모서리에 거미줄이다

오래전 것으로 벌써 허물어질 지경으로 걷어내야지 하면서도 그냥 그렇게 누워만 있는데 갑자기 눈을 감아도 온통 거미줄이다

내 머리 속에는 엉망으로 뒤엉킨 거미줄에 온몸이 결박된 내가 발버둥치고 있었다

'살려주세요 살려주세요'

목소리는 한 치도 못 가서 또다시 거미줄에 걸리고 거미를 먹고 거미가 되어서 분별없이 먹어댄 아집我執의 체중으로 좔좔 거미줄을 싸지르면서 어느새 나는 나를 허물어 벽을 쌓고 귀를 막고 스스로를 가두는 편견의 모서리를 만들고 있었다

간당간당 허공을 가로지른 거미줄에서

아슬아슬 곡예를 해대던 허기진 혀가 툭툭 뱉어내는 독설이 사정없이 갉아먹는 내 몸속에는 사각사각 상처처럼 자꾸만 거미가 태어나고 있었다

무죄無罪

누군가에게 날개를 묶인 채 비상한 새는 추락 할 수밖에 없었다

그대도 한때는 신의 목소리로 군림하던 기상氣像이 있었지만 언제부턴가 살아남기 위한 목 죔으로 울음마저 그친 새들의 왕국王國에는 더 이상 새는 없었다

얽히고설킨 둥지 속에서 서로를 물어뜯고 밀어내는 어처구니없는 날갯짓에 하나둘 새들이 날개가 찢겨 죽어가는 무덤 아닌 무덤 속에서 헛기침조차 멈춰버린 신이 존재하지 않는 검은 성에는 깃털만 수북이 쌓이고

출구가 없는 동굴을 가득 채운 날지 않는 저 새 떼들

그곳엔 썩어가는 심장을 파헤치며 때아닌 외눈박이 박쥐들만 푸드덕 대낮에도 검은 눈알 굴리며 새들의 빈 왕국王國을 지키고 있었다

변명 아닌 변명
-병원 24시를 회상하며

오래된 슬픈 사연들의 사람들을 손가락 하나에 조정당
하는 바보상자 속으로 불러냈다

살고 싶다는 한 가지 소망으로 모인 그곳에는 생명을
저당 잡힌 링거 줄에 희망을 걸고 수액 한 방울에도 배배
꼬인 숨통들이 피를 마시고 토해낸다

하루하루가 거미줄에 걸린 나방처럼 팔딱이는 그들의
사투는 날갯짓조차 귀찮다는 게으른 나비들의 투정이 부
끄러워지고

걸어 다니는 심심한 도시 비둘기들의 배부른 욕망 따
위가 찍찍 싸질러 논 오염된 세상 속에서 잠시잠깐 들여
다본 고통의 시간들이 지난날에도 지금에도 온갖 변명의
오류로 서글퍼지는데

욕심은 자꾸만 치부를 들추고 수치심은 리모컨 채널을
돌려버렸던 그때처럼

오늘도 어설픈 마음의 날갯짓은 한낱 헛짓으로 끝이
나고 나는 마침내 손가락 하나로 그 슬픈 문을 완전히
닫아버렸다

황혼

젊음을 가둬버린 외진 방에서 무관심으로 늙어가는 기억들이 하나둘 소멸되어갈 때 비로소 생각난 듯 옛 주인이 들어선다

세월의 급류 속에 휩쓸린 얼굴이 하나인 듯 아닌 듯 쏟아지는데

아이로 어른으로 노인으로 오버랩 되는 시간상자 속에서 꾸깃꾸깃 끼어있는 한평생을 뒤적여본다

오늘은 맑음, 흐림 또 흐림, 비

지난날의 일기장 속에서 햇살의 크기도 구름의 무게도 다 제각각인 어제들이 있고 내가 서 있었다

아득히 먼 시절의 발자국들이 색색의 빛깔로 일어서고 삶의 벽면엔 숱한 사연들이 얽히고설킨 수묵화 한 폭이 하얗게 허옇게 바래어가는데

쉼 없이 돌아가는 시간의 굴레 속에서

어느새 낡아가는 얼굴이 붉게 번지면 먼 산 등 굽은 고
목나무 가지 끝에서 지나온 생들이 아슬아슬 자꾸만 곡
예를 해댄다

아직도 나는 너를 버리지 못했다

가질 수 없어서 나는 버렸다 버림받기 싫어서 먼저 버렸다

오늘 너를 버리고 나도 버려졌다 마침내 친구를 잃어버렸다

내가 너무 사랑하는 그 사람 나보다 더 나 같은 그 사람

어느 날부터 너는 철벽이 되었고 인연의 문을 꽁꽁 닫아버렸다

시시때때로 조각난 얼굴이 내 안에서 흩어지고 다시 뭉친다

보고 싶어서 서운한 그 얼굴 듣고 싶어서 냉정한 그 목소리를

이제야 놓아버렸다 사랑하면 할수록 더 서러워지는 나를 너를 우리는

가질 수도 버릴 수도 없는 그 이름 결코 잊고 싶지 않은 단 한 사람을

차갑게 꽁꽁 묻어버렸다 그 무덤에 내가 묻히고 너를 꾹꾹 눌러 심었다

서릿발처럼 돋아나는 기억들이 자꾸만 심장을 뚫고 쑥
쑥 자라나면

　가지마다 얼음이 열리고 뚝뚝 떨어지는 섬과 섬이 바람
처럼 불어댄다

　향기가 사라진 우정의 꽃, 서럽도록 피어서 침묵으로
고백하는 저 상처들

　아침이면 문득 내 안에서 잠들고 저녁이면 문득 내 안
에서 깨어나는

　아직도 떠나지 못한 너를 버리고 버리지 못한 나를 떠
나고 버려졌다

　내일모레 글피도 결코 버리지 못한 채 오늘 마침내 나
는 너를 버리고 버림받았다

　허공으로 뿌리 솟은 가시꽃 당신, 추억을 덮어가는 친
구 얼굴이 어둠으로 번져간다

그림자

호적도 없는 족속이 검은 옷을 입고 내 뒤를 쫓고 있다

그놈에게 인생을 몽땅 저당 잡힌 채 돌아보면 물러서고 달리면 또 달리는 혹처럼 불거지는 나의 자화상

언제나 나보다 더 나를 잘 안다는 듯이 은근슬쩍 협박하는 저 무표정의 우울덩어리가 아무 말이나 쏟아내는 소문의 근거지를 쫓아서 제자리로 돌아오는 길은

낯선 듯 낯설지 않은 나를 찾아서 너는 맨발로 걸어온다 햇살을 등지고 큰길을 비켜서 둔덕을 기어서 쉬엄쉬엄 걸어온다

한 겹 한 겹 빛의 모서리를 접으며

낮달이 젖어드는 동굴 너의 아지트로 자박자박 저벅저벅 발자국마저 지워버린 자아自我가 없는 블랙홀, 내부內部가 텅 빈 내 몸속으로

전생을 더듬다

실타래처럼 엉킨 삶의 자락 따라가다 보면 내가 모르
던 곳에 또 하나의 내가 있다는데 휘청대는 일상들이 의
문표를 달고서 꿈의 나라로 들어가 봄 직하다

투명인간이 살고 있다는 그 세계는 아득하기만 한데
공주였을까 장군이었을까 아니면 목동인가 희미한 기억
을 더듬어 인물 맞추기를 해보지만 언제나 가위눌림으로
끝나버리는 미심쩍은 내 과거사는

영혼접속을 위한 너와의 거래방식으로 바꿔치기 당
한 몸값이려니 억지스런 납득으로 지친 자존감을 달래
보지만 전생이나 현생이나 나는 여전히 억울한 생각밖에
없는데

우주선 타고 달나라 가는 시대에 현실성 제로인 우리
의 여행은 정답을 모르는 나의 인생, 나를 풀어내는 공식
에 플러스알파를 기대해보는 지금은 어리석은 현실도피
중이다

3부

사계의 행간에서

수채화 속의 칼럼들

꽃 피는 날에는 청아한 시냇물 소리도 낮잠에 빠져들
어요
작은 언덕에 들꽃이 널브러지면 나는 멋진 왕관을 만
들래요
곱슬머리 왕자님 어여쁜 내 꼬마친구 머리에 씌워
줄래요

소나기 쏟아지는 날에는 병아리보다 더 노-란 레인코
트를 입고
빨간 장화를 신은 앙증맞은 우산이 자꾸만 뱅글뱅글
돌고 돌아요
그 소녀 테라스 통유리를 타고 빗방울처럼 또르르 내
게로 굴러오네요

낙엽 지는 날에는 잎잎 잎들이 바람 타고서 가을을 지
나갑니다
그 모습이 너무 고와서 나는 또 괜스레 가던 길 멈추고
쪼그려 앉아
노랗게 빨갛게 흘린 눈물이 시린 가슴에 겹겹이 쌓여
바삭댑니다

눈 오는 날에는 숲속 통나무 산장의 난로 위에서 누런 주전자가 치치치-익 울어대고 몇 개의 빈 테이블은 꾸벅꾸벅 졸다가 긴 하품하는데, 식은 찻잔 같은 카페 주인은 인적 없는 창 너머 소복소복 쌓이는 풍경을 가만히 내 동화 속에 하얗게 옮겨놓아요

내 꿈은 봄여름가을겨울 내 안에서 피어나고 내 안에서 사라지는데 작은 새들이 쫑알대는 산야에 종소리가 울려 퍼지면 온갖 사연을 품은 컬러들이 쓸쓸하고도 어여쁜 사랑을 줄줄이 읊어댑니다

풍경화

바닷물로 샤워한 하루가 등대 위에 걸리면 갯바위를 타고 오른 바람 한줄기가 뺨을 쓰다듬는 섬마을 아침이 부-웅 뱃고동 소리로 시동을 건다

농게들 신나게 미로놀이하는 갯벌에는 꼭꼭 숨어드는 젖은 보석을 행여 놓칠세라 바삐 캐는 할머니들의 호미보다 더 굽은 허리 위로 따사로운 햇살이 잠시잠깐 쉬어간다

저 멀리 한낮을 가로질러 고깃배 그물을 던지면 잠시 뭍으로 내려온 하늘도 흔들어대는 해풍에 자꾸만 멀미를 해대고 새벽잠 설친 어부들 고함소리에 툭툭 튀어 오른 반짝이는 저 비늘들

왁자지껄 선창에는 문어오징어 먹물 터지는 기 싸움에 새우도다리 노래미가 배를 까뒤집으며 키득대는 좌판 위로 해녀들 바쁜 손길에 비릿비릿 말라가는 어촌의 시간들

그 풍경 속으로 소풍 나온 우리는 그늘 한 자락을 깔고 앉아 바다를 통째로 매운탕을 끓여서 한입 얼큰하게 삼키면 어느새 기울어지는 하루를 따라서 출렁대는 기쁨이 파도 위에 수평선으로 걸린다

꽃, 그 찰나에 반하다

여름 막바지 장마가 지나간 북바위산* 산행길을 따라서면

계곡은 파격적인 댄스로 출렁이고 숲 지킴이들 아름다운 하모니로 들썩이는데

쉬쉬 주위를 맴도는 수상한 낌새에 내 눈길 머문 곳은 비탈을 타고서 자지러지게 웃어대는 작은 무리들의 작당모의다

바람에 흔들리는 남보랏빛 진한 향기가 지친 내 발목에 키스를 해대는데 어느새 온몸은 불꽃처럼 타오르고 팝콘처럼 터지는 꽃 꽃불은 보랏빛 융단을 깔아놓고서 요염한 자태로 나그네를 유혹한다

짝퉁이 빈번한 시대 진짜보다 더 진짜 같은 요부의 얼굴(꽃받침*)이 벌인 사기극에 이미 단단히 홀려버린 나는 보라보라 보라 꽃물에 젖어서 마침내 꽃으로 피어난다

서럽도록 어여쁜 당신 꽃이 되어버린 당신

어느새 사르르 파르르 내 안에서 피어나는 산수국아!
너를 향한 이 지독한 짝사랑은 산을 넘고 강을 건너서
저벅저벅 오늘도 거침없이 들어선다

황홀한 나의 동굴 보랏빛 판타지 속으로 꽃 꽃들의 군
무群舞가 한창이던 찰나 그 찰나 속으로

*북바위산: 충북 충주시 상모면 월악산 국립공원 서쪽 경계선
*꽃받침: 일명 가짜 꽃잎, 진짜 꽃잎보다 더 화려함

봄의 왈츠

해풍에 가슴 여미고 키워온 짝사랑이 만삭되던 날
더는 숨길 수 없어 풀어헤친 속살이 만천하에 공개되는

사월은 그렇게 붉디붉게 달아오른다

발 빠른 매파들의 입소문을 타고서 여기저기서 달려온
사랑꾼들의 함성에 울긋불긋 수줍은 봄처녀 함박웃음
터지는

사월은 그렇게 곱디고운 향기로 달아오른다

먼발치 봄바람에 갈대가 손을 흔드는
지난 가을이 아직도 머무는 영취산에서 너도나도 진달
래 사랑에 푹푹 빠져드는

사월은 그렇게 그리움으로 한껏 달아오른다

비음산 꽃불 속으로

빌딩숲을 빠져나온 심신이 솔향기 따라서 청류로 들어
서는 걸음마다 땀방울 톡톡 굴러가면 햇살은 이파리 사
이사이로 욕망의 비계를 한 겹 한 겹 벗겨낸다

질주하는 삶은 다가서면 저만치 물러서지만 언제나 묵
묵히 그 자리에 서서 트집 한번 없이 정상을 몽땅 내어주
는 비음산*

산모롱이마다 꽃비 내리는 사월은 농염한 사랑을 발산
하는데

잠시 발길 머문 나그네들 지루한 일상은 멀리 던져버리
고 배낭 가득 기쁨을 담아가는 산행길

환성이 떠도는 산언저리

풍경마다 우정의 손 내밀어 노란 표지기를 달아주며 어
느새 다디단 봄바람을 쫓아서는 오늘도 진한 꽃향기에
돛을 달고서 높이 더 높이 비상하는 저 붉은 청춘들이여!

*비음산: 경남 창원시 성산구 토월동에 위치한 산

하얀 목련은 지고

화창한 봄날에 태어난 너는

관종關種과 관능의 경계에서 단아함과 우아함을 은근히 뽐내보지만

가슴속에 묻어둔 너의 짝사랑이 기어이 하얗게 불거져 나오면 겨울잠 든 화단이 놀라 파르르 눈을 뜬다

가지마다 웃음과 웃음이 겹쳐가던 날

너는 길목마다 서럽도록 고운 등불을 밝혀놓고서 오지 않는 임 내내 기다렸건만 애꿎은 계절만 저물어가고

툭툭 돌아서는 자국마다 떨어지는 한숨소리에 담장 모퉁이 서성이는 햇살이 바삐 가는 네 맘 아는 듯이 꼭 붙들고 쉬어가라 쉬어가라며 불꽃화살을 쏟아붓는다

활활 활 생을 하얗게 불태운 그 자리에 뱉어놓은 너의 말들이 시커멓게 타들어간다

툭툭 툭 목련은 지고 나면 그뿐이지만

어쩌나

남겨진 내 맘은 시커멓게 더 시커멓게 타들어서 마침내
재가 되어 산산이 흩어지는데

풍경을 그리다

때늦은 수선사 가을 나들잇길
조각조각 흩어진 풍경들이 돌아오는 길을 놓쳐버렸나
몹시 허전하다

사방으로 부스럭대는 너의 흔적 찾아 나선 길
서성이는 빨강을 찾아내고 주황을 찾아내고
여기저기 사라지는 빛깔들을 찾아내고선
우리는 차갑게 유혹하는 너럭바위에 둘러앉았다

아쉬움은 연꽃이 머물다간 빈 연못에 던져버리고
멋스러움이란 말을 고봉으로 담은 찻잔을 들고서
우리는 몽글몽글 피어나는 서로의 온기를 나눠마신다

너도나도 찰칵찰칵
렌즈로 끌어당긴 낭만들을 하나둘 풀어놓으니 그야말
로 진풍경일세

울긋불긋 살랑살랑 바삭바삭 사물사물 온갖 빛깔들이
수군대는 수선사* 사계가 어느새 내 안에서 아름다운 수
채화로 완성된다

*수선사: 한 폭의 그림 같다고 소문난 산청에 있는 절

가을 속으로

계절의 문턱에서 몇 번을 곤두박질치던 너는
어느 날 건들마*를 타고서 무작정 내 방에 입성했다

살랑살랑 오색빛깔 꼬리를 흔들며
햇살을 품은 그리움이 사방팔방으로 찬란하게 번지는

아! 구월은 너도나도 울렁울렁 울렁증을 앓는 중이다

담장을 끼고도는 가을바닥에
여름내 알맹이 하나 품지 못하고 나뒹구는 호두처럼
몰래 키운 수줍은 연정이 낱낱이 폭로되는 시간 속
으로

기울어지는 해를 바라보며
울긋불긋 툇마루에 내려앉은 기다림만 덩그러니 빈집
을 지키는

아! 구월은 쓸쓸하고도 고운 짝사랑으로 붉디붉게 타
들어간다

*건들마: 초가을에 남쪽에서 불어오는 서늘하고 부드러운 바람

빠져들다

    주남저수지 둘레길을 돌고 돌아서 배경으로 턱 자리
잡은 정자에 기대앉아 가을을 읽어간다

    내 앞에는 환하게 웃는 코스모스가 빨갛게 파랗게 손
을 흔들어대고 내 옆에는 좋아하는 친구가 있어 한 잔의
커피가 더 따뜻해지는 오후

    길섶 울타리를 타고서 거미들이 세운 부촌엔 방울방울
어여쁨이 열린다

    부슬부슬 고운 말씀을 읊어대는 하늘이 사방으로 하늘
대는 구름망사커튼을 드리우면 멀리 가까이서 잔바람에
축축해진 산과 들 나무들이 착착 계절의 액자 속으로 들
어서고

    출렁, 황급히 햇살을 삼킨 저수지 언저리에는

    풍경이 풍경으로 피워올린 수묵화 전시회가 한창인데
세상은 너무 고요하고 내 마음은 몽글몽글 떠돌다가 어
느새 설렘의 빛깔로 젖어든다

바람이 분다

어느 좋은 날 창원 대산플라워랜드를 갔다
코스모스도 떠난 조금은 한산하고 쓸쓸함이 멋스럽게
서 있는

키 낮은 꽃밭엔 노란 조끼를 입은 유아들이 땅에 붙은
예쁜 단풍잎 같고
높푸른 하늘 아래 군데군데 새로 지운 정자들이 풍경이
되는 늦가을이다

친구와 나는 식탁이 있는 제법 멋진 정자에 앉아 커피
와 삶은 계란을 먹으며
사방으로 널려있는 가을빛깔을 행복주머니에 가득 채
우고 또 채웠다

어느새 기울어가는 해를 따라서 발길을 돌리는데 갑자
기 바람이 불어댄다
휭휭 휭휭 키 큰 나무가 큰 소리로 울어댄다 웃어댄다
손을 비벼댄다
샤르랑 파르랑 파삭파삭 바람이 맴을 돈다 나무도 뱅
뱅 따라서 돈다

바람결을 더듬다 손을 놓쳐버린 나무들 예쁜 손들이
후드득 떨어진다

여전히 바람이 불어댄다 계절을 타고서
여전히 바람이 불어댄다 세월을 타고서
여전히 바람이 불어댄다 갈무리하는 들판으로

바람이 불어댄다 여름이 비켜선 자리 노랗게 빨갛게 드
러누운 가을

가을마저 흩어지는 그곳에 갈색바람이 불어댄다 갈색
물감이 출렁인다 내 맘에도 살랑살랑 고운바람이 불어댄
다 갈갈 갈 갈색웃음이 곱디곱게 물들어간다

스치듯 지나가는 너를

오는 듯 가는 듯 사라지는 그님

성은 '가' 이름은 '을'이라는 당신을 누가 보셨거나 만났다면 감성 7080으로 연락 주세요 사랑한다고 나는 고백할래요

나를 흔들어 놓고 돌아서는 당신

짝사랑은 이제 그만할래요 행여나 옷자락에 스치지나 않을까 지나가는 바람에도 깜짝깜짝 놀라지요

오는 듯 가는 듯 사라지는 당신 때문에 남몰래 허공에 하나둘 노란 점 찍어놓고 행여나 놓칠세라 까치발 들고서 은행나무 내내 담장 너머 바라봐요

성은 '가' 이름은 '을'이라는 당신을 따라나선 길 오는 가을 가는 가을 가을 타는 나는 기다림에 애태우다 먼저 빨갛게 노랗게 익어버렸어요

만추晩秋 1

쏟아지는 색들을 허공에 풀어놓고 휙휙 풍경화를 그려
대던 계절은

서걱대는 바람의 이별 서약에 와르르 무너지는 빛깔들
이 탈색된 대지 위에 알몸으로 드러눕는다

우-우 환생을 꿈꾸며 분열을 시위하는 아우성에 그만
그늘 뒤에 숨어있던 겁쟁이 늦잠쟁이 잎잎 잎들이 놀라
오소소 우수수 떨어지고

바스락바스락 후루루-룩

포도鋪道 위에서 잠시 포물선을 그어대던 가을은 산 넘
고 강 건너 들판을 휘돌아서 후드득 도시로 달려가는 황
금열차에 추억을 싣고서

사계의 붉은 행간을 건너고 건너서 어느새 시린 미래
속으로 스르륵 빨려 들어간다

아직은 휑하다

구월과 시월 사이로 한 계절이 지나간다
내 발을 스치고 내 가슴을 쓸고 지나간다
구월과 시월 사이로 또 한 계절이 들어온다
내 발을 당기며 내 가슴을 더듬으며 들어온다
때론 바람으로 구름으로 소나기로 사랑으로

저 멀리 달아나는 길들이 아쉬움에 뒤돌아본다
한참을 뒤돌아본다 어느새 나도 나를 뒤돌아본다
멀고도 가까이 걸어오는 내일이 안개처럼 뿌옇다
접혀가는 청춘들이 낙엽처럼 불어댄다 울어댄다

나무들이 손을 흔들다 가끔은 손을 놓쳐버리고
여름내 땀을 흘린 몸들이 헐렁한 겉옷을 벗어 던진다
나도 나를 벗어 던지고 삶의 허물을 탈탈 털어낸다
가을은 점점 허공으로 번지고 내가 점점 묻혀간다

오늘도 내일모레 글피도 어제처럼 흘러 흘러가고
모두가 떠나간 자리 저물어가는 하루를 바라보며
휑하다 그 자리 다시 돌아올 너를 기다리며
휑하다 그 마음 언젠가는 돌아올 나를 기대하며

무심가無心歌

사랑하지 않음은 당신이 아니지요
내게는 더 이상 사랑으로 아파할 가슴이 없을 뿐이지

그리워하지 않음은 진정 그립지 않아서도 아니지요
내게는 더 이상 그리워할 당신이 없을 뿐이지

외로워도 외롭지 않음은
내게는 오래전에 이미 나를 떠나버린 너무도 친숙한 당신이기 때문이지

사랑도 그리움도 외로움도 이제는 느낄 수가 없지요
내 마음은 이미 이별마저 쏟아버린 허공이기 때문이지

그들의 이야기
-비와 호수

어느 날 아름답고 고요한 물의 나라에

 심술궂은 먹구름이 몰려와서는 시샘이 났던지 온 마을 처자들 고운 얼굴에 사정없이 화살을 퍼부어댔지 후드득 후드득 콕콕 순식간에 곰보가 되어버린 호수 위로

 찰방찰방 오리 한 쌍이 빗줄기 사이로 신나게 데이트 중이다

 그녀들 아픈 속내를 꾹 감추고 한결같은 맘으로 서로를 어루만지면 당황한 화살들이 자꾸만 독설을 퍼부어대는데 불어오는 한줄기 실바람이 괜찮다 괜찮다며 다독이는 푸른 물살을 가르며

 한껏 제멋에 취한 잉어 한 마리가 풍덩풍덩 풍-덩 자맥질을 해댄다

반짝반짝 먹구름을 밀어내고 햇살이 살포시 고개 내밀면 어느새 상처투성이 그녀들 얼굴이 말끔해지고 물의 왕국은 무지개문을 세우고 울긋불긋 연꽃들이 만발한데

　저기 어디서 날아왔는지 예쁜 새 한 마리가 포르르 파르르 날갯짓을 해댄다

봄비

오랫동안 까칠했던 하늘이 제 얼굴을 쓰다듬다가
부슬부슬 맘을 풀어헤치고 수분에센스를 뿌려댄다

또르르 또르르 적막을 깨우며
봄날 햇살에 찡그리던 꽃잎들이 기지개를 켜며 동글동
글 웃는다

바람은 잎사귀 사이사이로
사선과 사선을 그어대면 빈 행간으로 살포시 호수가
드러눕는다

간간이 별을 품은 허공이
주룩주룩 별 이야기를 쏟아내면 어느새 지친 하루가
반짝반짝 젖어든다

길섶으로 가만가만 숨어드는 개미 떼 따라
허구한 날 불면증을 앓던 속눈썹이 풀잎에 젖어 촉촉해
진다

저기, 키 큰 벚꽃나무 손을 흔들어대면
우수수 떨어지는 풍경들이 고운 옷 벗어 던지고 흑백
속으로 물들어간다

모두가 촉촉해지는 시간 속으로
허공 따라 내려온 산과 들이 호수에 드러눕고 나도 따
라서 드러눕는다

호수를 건너가는 봄바람을 타고서
어느새 꽃잎으로 떨어진 사월이 젖은 오월 속으로 촉
촉이 잠들어간다

은행잎 떨어지던 그날에

　　판타지 속으로 빠져든 그날이었지

　　만삭된 몸 비워내고 우울증에 걸린 너의 푸념에도 한마
디 위로조차도 없는 계절의 냉정함에 도리어 마음 뺏겨버
린 나는 겨드랑이 찢어지는 너의 짜릿한 통증으로 상처
를 메워가는 노란 눈雪의 나라에서 잔잔한 기쁨이 내 안
에서 날개를 폈다

　　후루룩후루룩 후후

　　금실의 마술사 바람의 손길 따라 참으로 예쁜 세상이
열리면 나르시스의 도도함도 넋을 놓아버린 그리움이 타
드는 섬에서 프리즘을 통과한 너의 심안으로 입술과 입
술을 포갠 노란 꽃무리들이 뱉어내는 가득한 저 향기가

　　바삭바삭 바삭대는 사랑 고백에 어쩔 줄 몰라 사방으
로 흩날리는 감성들이 햇살 속에서 찬란하고도 찬란하다

가을 독백

여름을 잔뜩 품은 은행나무가 부대낀 속을 토해내면 노랗게 묵힌 맘들이 포도鋪道 위에서 알알이 흩어진다

허공으로 떠돌다 떨어지는 언어들

여기저기 나뒹구는 우울한 저 변명들을 따라서 한기 이는 계절이 내뿜는 온갖 서러움은 무심한 행인들의 발길에 속속들이 문드러지는데

툭툭 툭 불거지는 상처들이 뽀얗고 뽀얗다

팔랑팔랑 바람의 행간으로 추락하는 너는 마른기침 같은 목소리로 외쳐댄다

'기다려줘 꼭 다시 돌아올게'

구르고 굴러 ○○은행 앞을 지나며 누렇고 구린 향기로 내뱉는 지독하고 지독한 저 독백들

4부

언어의 변주곡

유혹

밤이면 밤마다

도시는 창녀처럼 화장을 진하게 하고서 지나가는 행인
들에게 호객행위를 한다

순자 미자 영자라는 촌스러움을 털어내고 정체불명의
꼬부랑 이름표를 달고서 형형색색의 웃음으로 나그네들
발목을 잡는다

고객의 신분 따윈 노 지갑의 두께도 노-오 오로지 긴
영수증만을 기대하는 작부들은 그저 숫자놀음에 민감하
고 카운터를 지키는 주인들은 찍찍 울어대는 요술 카드
에만 온통 관심을 쏟아대는

오늘과 오늘 사이로

이런저런 사연들이 난무하는 하루를 무사히 견디고 돌아가는 발자국들이 아찔한 포만감에 헛구역질해대는 삶의 야경 속으로 어느새 너도나도 우리는 점점 빨려 들어가고 있다

　오늘을 지나 또 오늘 속으로

언어의 변주곡

장미 한 송이를 피우는 데도 바람과 햇살의 방향과 질량이 다 다르듯이 그 이름도 제각각이다 붉은 장미, 흑장미, 벌레 먹은 장미, 들장미, 가시장미 등등

꽃이 피었다는 하나의 소식에도
누구는 아! 너의 아름다움에 푹 빠진 오늘 나는 참 행복하다
또 누구는 너의 모습이 너무 아름다워서 조금은 슬프기도 하구나!
또 다른 누구는 개뿔, 꽃 같은 것 내가 살아가는 데 아무런 도움이 되지 않아

꽃이 진다는 또 하나의 소식에도
누구는 아쉬움과 그리움으로 벌써 지네 언제 또다시 만날 수 있을까
또 누구는 기다림과 기대로 한 계절이 지나고 또 한 계절이 들어서겠지
또 다른 누구는 낙담하는 얼굴로 헐 어느새 내 이마에 주름 하나가 또 늘었네

그렇게

하나의 언어에도 수십 가지의 감정을 지녔으며
하나의 사물에도 수백 가지의 표정이 실려 있고
하나의 정황에도 수만 가지의 언행이 따라다닌다

사람은 사람대로 자연은 자연대로 상황은 상황대로 제
각각으로 생각하고 말하고 기록대는 언어는 지구상의 모
든 것을 대변하는 오로지 언어만이 지닌 능력으로 모든
것을 뱉어내고 품어간다

언어 속의 비밀들

어느 날 '이제 나는 너를 진짜 좋아하지 않아' 오랜 남
사친이 그녀에게 하는 말, '이제 나는 너를 정말 싫어해'
절친 여사친이 그에게 던진 말속에는 평소와 달리 억양의
높낮이가 달라졌다

철이 들고선 한 번도 옷에 똥을 싼 적이 없는 손자에게
할머니는 늘 '우리 똥강아지'라고 부르는 알쏭달쏭한 언
어 속에서 행복의 측도가 보인다

당신 없으면 못산다는 그녀가 그에게 늘 하는 말 '당신
미워죽겠어 정말', 그녀를 보면 늘 웃는 그이는 '어이구
우리 못난이 어쩔 거야 이 못난이를'이라고 한다

오랜 진통 끝에 날 낳으신 어머니는 나만 보면 '저 웬
수'*라고 하면서 맛있는 음식은 내 입에 넣어주고 좋은
것들은 내게 다 주신다

이런저런 대화 속에 우리가 아니면 알 수 없는 우리말
우리가 아니면 내뱉을 수 없는 우리 언어엔 우리만 알 수
있는 비밀 아닌 비밀들이 수두룩하게 비밀처럼 꼭꼭 숨
어있다

*웬수: '원수'의 방언

안개

세상을 몽땅 훔치고서도 태연히 아침을 연주하는 너의 음흉한 속내는 무채색 옷을 입고서 자만에 빠져 불쑥 내민 배 그만 시키면 내장을 쏟아낸다

쿨렁 쿨렁대는

재색 빌딩 위에서 당황한 하루가 도돌이표로 서서 꼬임에 빠진 이브처럼 벌거벗은 채 서성이는데

스민 듯 스미지 않는 미래는

언제나 알레고리 같은 것 형체를 감춘 방에 우리를 가둬놓고서 달아나지 못하게 날이면 날마다 희망이란 커튼을 드리우고서 꼭꼭 자물쇠를 채워버린다

휠휠 휠

날아오르면 오를수록 더 아득해지는 정상은 잿빛 실루엣 속에서 가끔씩 반짝이는 알몸으로 우리를 유혹하고 또 유혹한다

구멍

길을 가다가 가장자리에 우연히 발견한 구멍들을 쪼그려 앉아서 살펴보는데 반듯하지 않은 것들이 깊이 들어갈수록 점점 어두워진다

갑자기 나에게도 구멍이 있으리란 생각이 든다 언제부턴가 내 몸에서 바람소리가 나고 물소리도 들린다 몸 구석구석 사진을 찍어보면 삐걱대는 기둥들 사이로 숭숭 구멍의 흔적들이 보이고 그것들 어쩌다 생겼는지도 모른 채 자꾸만 늘어가는 내 한쪽이 무너지고 있었다

길가의 구멍들이 안쓰러워 돌멩이를 넣어본다 그래도 채워지지 않는 빈틈은 풀을 뜯어서 어설프게 막아놓고 돌아서는데 내 안의 구멍들이 소리 지른다 저도 막아달라고 너무 추워요 너무 아파요 내 몸 여기저기서 통증들이 자꾸만 찝쩍대지만 나는 하찮은 돌멩이 하나도 만들지 못하고 그 흔한 잡초도 자라지 못해 그들에게 아무것도 해줄 수가 없었다

그렇게 세월의 구멍 속에 얼기설기 가려놓은 나의 변명은 언제 들통날지도 모르는 불안으로 구멍은 점점 늘어만 가고 젊음이 쑥쑥 빠져나간 빈자리엔 사시사철 찬바람만 쌩쌩 쌩 불어댄다

'아하'

이제 끝이야 끝, 끝이라는 말속엔 정말 끝만 있을까
그냥 모든 것을 포기하고 싶다는 그 말은 진심일까

이제 우리 관계는 끝났어 어느 날 사랑하는 사람이 던진 그 말속엔
앞으로 너랑은 끝이야 어느 날 오랜 친구가 뱉어낸 그 말속엔
더 이상 우리는 가족이 아니야 다 끝났어 어느 날 부모 형제간의 다툼 속엔
두 번 다시 연락하지 마라 어느 날 스승과 제자 사이 오간 말속엔

등등의

수많은 관계 속에서 굳이 끝이라는 말을 내뱉을 때는 아직 미련이 남아있는 거다 숱한 사연과 오랜 시간이 쌓아놓은 탑의 정점을 향해 오르다 지친 발걸음이 잠시 투정을 부리는 거다

어차피 굴레는 시작과 끝이 맞물려 돌아가는 것

끝, 끝이란 말속엔 아직 잡고 싶은 손길이 숨어있다 진짜 정말로 끝내고 싶을 땐 그냥 꼬인 매듭을 싹둑 자르고 꼬리를 감춰버린다

언제나 언어는 언어를 물고서 언어 속으로 숨어들고 너도나도 우리는 사라진다 그냥 그렇게 슬그머니

홍어는

 저 깊은 바닷속 사팔뜨기 홍어는 납작 엎드려서 무얼
보고 있었을까
 궁금해진 미역이랑 해파리랑 불가사리들이 찰랑찰랑
자꾸만 물살을 잘라내고

 이른 새벽 어부의 그물에 걸려 파닥대는 사팔뜨기 홍어
는 무슨 궁리 중이었을까
 지나가던 파도랑 바람이랑 돛단배들이 달래듯이 자꾸
만 살랑살랑 출렁출렁 통통댄다

 겨울 어시장 좌판 위에서 사팔뜨기 홍어는 향수병으로
꽁꽁 몸져누웠을까
 비린내 진한 어시장 골목이랑 손수레랑 호각소리가 다
투어 짠바람 이불을 덮어준다

 발갛게 달아오른 사팔뜨기 홍어는 끓는 냄비 속에서
무엇이 되고 싶었을까
 엄마의 손맛을 기다리는 저녁 아버지랑 아이들이 부엌
을 기웃대며 쩝쩝 쩝 자꾸만 입맛을 다시는데

바다를 잃어버린 사팔뜨기 저 홍어는

　　이곳저곳에서 무슨 생각을 하며 아직도 무엇이 되고 싶
은 욕망이 남아있을까?

고별사

'길 끝에도 길이 있다'는 당신은
마침내 어제의 길을 잘라내고 내일의 새로운 길로 들어
갔습니다

불혹의 동굴에서 탈출구가 필요했던 그 시절 때로는
친구처럼 언니처럼 엄마처럼 다가온 당신과 걸어온 숱한
사연들이 어느새 강산이 몇 번이나 바뀌었지요

언젠가는 떠나실 줄 알았지만 '산초 열매의 고백'도 들
어주시고 '개옻나무의 변'도 다 들어주시더니 정작 당신
은 한마디 변명도 없이 우리 곁을 떠나갔습니다

언제나 시인이신 당신 영원히 시인이고 싶었던 당신의
소망대로 빈소에 당신이 걸어오신 발자취 시집 세 권을
올리면서 비로소 나는 마지막 인사를 나누었습니다

김정숙(김서안) 시인님 먼 길 안녕히 가십시오
부디 그곳에서는 아프지도 말고 아름다운 시를 쓰는
멋진 시인으로 살아가시길

그동안 당신과 함께여서 참 행복했습니다

세월이 가도 잊을 수 없는 그 시간들이 겹겹이 그리움
으로 피어나겠지요
　언제나 시처럼 꽃처럼 고왔던 당신의 미소가 내 안에서
피어나겠지요

　*故 김정숙(김서안) 시인님의 시집 제목 인용(『길 끝에도 길이 있다』,
『산초 열매의 고백』,『개옻나무의 변』)

나도 시인이고 싶어라

　내가 만난 한 시인은 바다를 사귀어도 파도의 농간에
절대 놀아나지 말라 한다
　그저 물처럼만 곱게 흘러 흘러가라는 정말 물 같은 선
물 한 아름 던져주었다

　아하! 그길로 달려간 순천만에서 바람든 내 가슴을 확
풀어헤치니
　거품처럼 번지는 허욕들이 파도에 휩쓸려 철썩 퍼렇게
시퍼렇게 멍이 들고
　여물지 못한 내 안의 형상들이 세상 속으로 얽히고설킨
채 떠돌다 부서지는데
　아직도 출렁이는 욕망의 돛단배가 겁도 없이 바람에 대
들다 침몰할 뻔한 나는

　언제쯤에나 온전한 눈과 귀의 시인이 될까 시인의 나라
는 순수한 물의 나라
　언제쯤에나 내가 들어설 수 있을까 뿌리내릴 흔들리지
않는 거울 속으로

물의 나라에서 물을 바라보며 물처럼 뱉어내는 내 말들
이 가끔은 파도도 치고 폭풍도 일으키는 나도 대물 같은
시인이 되고 싶다 흐르고 흘러가는 강물처럼 바다로 흘
러 흘러가고 싶다

놈놈 놈

 시를 잘 쓴다는 시인이란 작자가 모두가 좋은 놈은 아
니다

 시를 모르는 사람이라고 모두가 나쁜 놈은 더욱
아니다

 시인이지만 시인 같지 않은 시인도 많고

 시인이 아니지만 시인보다 더 양심적이고 시인 같은 좋
은 사람도 많다

 세상에는 시를 잘 쓰는 좋은 사람도 있고 시를 못 쓰
는 좋은 사람도 있다

 그러나 시를 잘 쓰지만 나쁜 놈도 있고 시도 못 쓰고
양심도 없는 아주 나쁜 놈
 정말 시인 같잖은 시인도 많이 있다

고로하여

세상에는 시와 무관하게 다양한 놈놈 놈들이 살고
있다

나쁜 놈 좋은 놈 멋진 놈 미친놈 사랑하는 놈 놈놈
등등이

불꽃놀이

제 살을 활활 태우고서야 화려하게 피어나는 꽃이여

언제나 주연이길 자처하는 너의 자만심은 마디마디 고통으로 찬란하게 허공을 수놓는 환상의 마술사가 되었지

모여드는 관중들 환호성에 높이 더 높이 타오르는 쇼 쇼 쇼 불꽃쇼

그렇게 목숨 건 단 한 번의 도전으로 팡팡 피어오른 너는 한 줌의 붉은 기억 속에서
식어가는 한줄기 온기를 더듬는다

누군가에게 영원한 등불이 되고픈 심지가 없는 너의 슬픈 욕망은

이제는 텅 빈 무대에서 남은 불씨 하나로 활활 타오를 쇼쇼 쇼 불꽃쇼 아직도 너는 찬란하고 광대한 공연 제2막을 꿈꾸며 어둠이 되어 어둠 속으로 사라져간다

원점

햇살을 뭉친 마른 먼지를 밟으며 우리는 일상의 정류장에서 오늘을 싣고 떠날 버스를 기다린다

직선과 곡선의 원격遠隔 사이로 껌벅대는

숱한 사거리들이 세운 키다리 신호등이 수없이 되새김질해대는 시간 속으로 달리고 달리는 버스는 어느새 절반의 하루를 옮겨 놓은 채 어디론가 바삐 사라지는데

여기저기 난무하는 길들을 쫓아서 우리가 마지막 갈 곳은 언제나 그곳

오늘이 끝나도 여전히 오늘이 시작되는 삶의 굴레 속에서 정점頂點이 아닌 돌고 돌다 지쳐버린 변명의 정점定點 속으로

마흔의 성城에서

당신의 등으로 벽을 세운 침묵의 성城에 낙하한 별똥별이 불가사리로 떠돌던 밤 마지막 보헤미안의 연가 속에서 만찬회를 열었다

촛불은 제 생채기로 나를 깨우고 바람은 거칠게 문을 두드리는데 관객 없이 홀로 시작된 축제는 삶의 찌꺼기를 털어내는 격렬한 춤사위로 허-연 피를 토해낸다

정지된 시간 속을 떠도는 창백한 영혼

마흔의 독백 속에 깊숙이 갇혀버린 청춘의 벌레는 아직도 푸른등 켜고서 오늘을 떠난 내일의 나를 기다리고

여전히 초대받지 못한 바람은 행과 행으로 울어대고 스스로 철벽이 되어버린 밤은 마지막 보헤미안의 연가를 흥얼거리는데

이제는 나도 나를 활짝 열어놓고

층층이 쌓여있는 상처는 털어내고 나만의 언어로 쓰고 다듬은 고운 문장으로 틀을 세우고 지붕을 올리며 어제보다 성숙한 나를 위한 나의 성城에서 활활 미래를 향해서 촛불을 밝혀든다

그 이름 속의 그림자

-김원일의 마당 깊은 집을 읽고

　돌이켜보면 세월의 흔적만큼 깊게 패어버린 어머니의 가슴속을 떠돌던 아들은 당신의 한숨에 걸려 허우적대는 한 올의 지푸라기에 불과했다

　길남이란 작은 어깨 위에 가족이란 불안이 눌러앉았던 먼 지난날 밥알 하나의 무게가 천금 같았던 배고픈 그 시절 그 겨울은 왜 그렇게 길기만 했던지

　꽃피고 꽃 지는 줄도 몰랐던 청춘의 회색 골목들

　대구 장관동 언저리에서 아귀餓鬼보다 더 소름 돋던 날들이 절름발이 걸음의 버팀목이었다는 걸 긴 어둠의 터널을 지나 세상의 문밖에 선 훗날에야 알았지 "가난은 절망으로 가는 길이 아니라 희망으로 가는 길"*이라는 걸

　이제는 아쉬움으로 뒤돌아본 그날의 풍경소리

　보고 싶은 그 얼굴이 울음으로 차오르면 늘 원망으로 그늘졌던 장자長子라는 부끄러운 이름 속에 어머니의 목소리는 마당보다 더 깊고 깊어지는데

우리 모두가 길남이가 되어버린 지금 그립고 그리운 당신의 향기가 이제 막 들판을 지나온 바람처럼 상큼하고 달콤하고 맵싸하게 배어든다

*김원일『마당 깊은 집』「작가의 말」에서 인용

숨바꼭질

어쩌다 들어선 미로에서 나의 미래는 무성한 의문의 울타리를 치고서 홀로 숨바꼭질을 한다

조각조각으로 태어난 나는

사방으로 흩어진 퍼즐 조각을 찾아 나선 길에서 나인 듯 아닌 듯 내가 되어가는 삶의 그루터기를 그려간다

나는 낯선 곳에 서 있는 바람나무

흔들리는 뿌리를 붙잡고 나의 마지막 퍼즐 조각을 쫓아서 돌고 도는 아픈 모서리를 다듬어가는 작업 중이다

언제나 오늘의 끝에서 꼬리를 흔드는 내일은

보일 듯 말 듯 보이지 않는 꿈을 향해서 자꾸만 숨어드는데 '꼭꼭 숨어라 머리카락 보일라' 기척조차 감춰버린 구불구불한 생의 골목을 헤매는

나는 아직도 나를 찾는 술래가 되어서 미지의 동굴 속에서 홀로 숨바꼭질 중이다

자화상 2

너인가 나인가? 나인가 너인가?

버릴 수도 가질 수도 없는 것들을 더러는 버리고 돌아
서는데 어느새 뒤따라온 너는 내 자락에 착 달라붙어서
도무지 놓아주지 않는다

이리저리 엎어보고 뒤집어 봐도 나인데 오로지 나이길
거부하는 나를 뒤돌아보며 '왜 아직도 여기 있니' 닦달해
보지만 언제나 묵묵부답인 너를 바라보는 내 얼굴은

쭉쭉 클로즈업되는 생의 줄금이 시선이거나 사선이거
나 별반 다르지 않은데

언제나 등을 곧추세운 삶은 나를 묶어두고서 내일 또
내일이 어제가 될지라도 포기할 수 없는 미래를 열어놓고
서 유혹하는 오늘 또 오늘은 숱한 어제들이 엮어놓은 낡
은 줄 위에서 아슬아슬 곡예를 해대는데

상처가 상처들이 내 안에서 꿈을 꾸면 상처 속의 나는
상처를 쓰다 지우고 오늘은 시를 쓰고 내일은 시를 지워
버린다

청소차와 빗자루

어둠 속에서도 종횡무진하는 나는

텅 빈 스펙에 내 세울 것 없어 늘 깃발을 꽂고 다니지
더러운 무리들을 싹 쓸어버리겠다는 나름의 굳은 집
념이지

세상만사 고민을 다 쓸어버리겠다는 당찬 각오로 뛰어
든 나의 세계관은 남들보다 먼저 아침을 열어놓고 길을
닦아서 상쾌한 출근길을 다듬어가지

너와 나 우리는 환상의 짝꿍으로

단연코 이 구역을 책임지는 청정무구한 정치인이지
나의 대통령은 환경미화원, 언제나 당신의 지시 아래서
움직이지

자! 씩씩한 제군들이여
세상의 모든 오물을 향해서 오늘도 힘차게 전진前進 또
전진하세

쓱싹쓱싹 쓱싹쓱싹 쓱-싹

불러주었다 너를

예쁘게 피어있는 꽃은 부르지 말자 넌 스스로 예쁨을 발산할 줄 알기 때문이지

쓰러진 꽃망울은 불러세워 북돋아 주자 너는 일어설 용기가 필요하기 때문이지

뒤통수가 반듯한 너는 부르지 말자 어차피 모두가 너만 바라보고 있으니까

헝클어진 머리칼이 목을 휘감고 있는 너를 불러서 다듬어 주자 바람에 눈이 가려 세상을 바로 볼 수가 없으니까

언제나 우리는 너를 불러주고 나를 불러주고 그렇게 모두가 모두를 사랑으로 희망으로 불러주고 불러주었다

그렇게 또 그렇게

불러주고 불러주었다 너와 나 우리는 모두에게 아름답고 소중한 한 송이 꽃으로 피어난다고

해설

쉽게 경험하기 어려운,
다른 맛의 시편들

양수창(시인)

해설

쉽게 경험하기 어려운,
다른 맛의 시편들

양수창(시인)

현대의 특징을 잘 나타내는 단어들이 많이 있는데, 그 대표적인 단어가 AI, 인공지능이다. 이에 견줄 수는 없어서도 퓨전이라고 하면 이의를 제기할 사람은 별로 없을 것이다. AI가 등장하면서 퓨전은 그 영향력이 약해진 듯하지만, 보편화되는 추세를 보이고 있다. 음식점에 가면 한식과 양식을 구별할 수 없는 퓨전 음식이 나오고, 성악을 전공한 사람이 가요를 부른다. 그 장르의 장점을 살려서 다른 장르와 교묘하게 조화를 이루는 퓨전음악의 묘미는 관중들로 하여금 더 열광하게 한다.

문학 분야, 특히 시에서는 어떠한가. 흔히 서정시 서사시, 극시, 산문시 등등 시에 여러 갈래가 있다. 그러나 현 시대에 들어서면서 더 다양한 분류를 보게 된다. 대표적으로 디카시가 있다. 널리 알려졌고 누구나 간편하게 디지털카메라로 단순하고 상징적인 사진을 촬영하고 짤막한 시를 첨가한다. 현대인들은 이해하기 어렵고 따분하기 짝이 없는 일반적인 시를 감상하는 것보다 사진을 감상하며 짧고 쉬운 시를 감상하면서 시를 즐긴다고 해야 맞을 것 같다. 한국문인협회에서 나오는 기관지 월간문학에는 시, 시조, 민시조, 소설, 희곡, 수필, 동시, 동화, 평론 이렇게 장르를 나누어 작품을 싣고 있다. 특이할 사항은 시조가 있는데, 민시조가 있다는 사실이다. 아직도 필자는 민시조에 대하여 이해가 부족함을 고백한다. 그러나 2024년 4월호에 수록된 시조와 민시조에 대해 비교해 보고 차이점을 발견한 것은 시조는 3434, 3434, 3543 율격을 기본으로 약간의 변형을 주어 시조를 창작하고 있다. 그러나 민시조는 345, 33 율격으로 단출한 구조를 이루고 있었다.

창원에 거주하는 조재영 시인은 2021년 12월 말에 동시집을 출판하였는데, 조선달이라는 필명으로 동화시집『황금구들』을 출판하였다. 한마디로 동화와 동시의 퓨전이다. 동시를 읽는데 동화를 읽고 감상한다. 감동의 묘미가 색다르다. 일반적인 동시에서 느끼기 어려운 감동을 준다.

현시대에 수많은 시인이 여기저기 문예지를 통해 등단하고 있다. 그중에선 보편적인 시의 형태를 취하여 매우 잘 쓰는 시인들도 있지만, 보편적인 시를 답습하는 것을 거부하고 나름대로 독특한 시를 쓰는 시인들도 있다. 현대의 이상 시인이라고 불러야 할 것이다. 어떤 시인은 이상 시인처럼 자기만의 고고한 작품세계를 형성하여 어렵고 난해한 시를 쓰고 있을 것이다. 그런가 하면 어떤 시인은 사상과 철학이 농익어 흘러 오묘한 맛이 우러나는 시, 그런데 너무나 쉽고 편안한 시를 창작하고 있을지도 모른다. 필자가 왜 이렇게 서두를 장황하게 쓰고 있는 것일까.

조홍제 시인의 두 번째 시집 원고를 넘겨받고, 먼저 원고를 분석하는 시간을 가졌다. 시를 읽어나가면서 막막함을 느꼈다. 뭐라고 해설을 써야 조홍제 시인의 시집에 누가 되지 않을까 염려가 되었다. 여러 날이 지난 뒤, 서서히 안개가 걷히고 뭔가 손에 잡히는 것이 보였다. 퓨전문학, 퓨전이다. 퓨전이 드러나기 시작하였다. 필자는 보편적인 서정시를 거부하고 수필시를 쓰고 있는 조홍제 시인을 만날 수 있었다. 본인이 의도적으로 썼든 의도하지 않고 썼든 분명, 퓨전시를 쓰고 있었다. 시를 읽으면서 수필을 읽고 감상하며 시에서 느낄 수 없는 또 다른 맛을 느낄 수 있었다. 수필시라는 이해 없이 조홍제 시인의 시를 보면, 시의 간결성, 함축, 형상화, 은유, 상징 등등 기본적인 시 창작 원칙을 무시하고 서술로 일관하고 있는 것에 실망을 느낄지도 모른다. 시를 쓸 줄 몰라서 서술하고 있는 조홍제 시인이 아닐 것이다. 그는 과감하게 함축, 형상화, 은유, 상징 등의 기성복을 걸치지 않고, 자기만의 독특한 옷을 입고 시 창작을 하고 있는 것이다.

보편적인 시는 여백을 주고 독자로 하여금 상상하게 하며, 독자로 하여금 스스로 생각하고 느끼며 감동하게 창작한다. 그런데 수필은 자연스럽게 형식에 매이지 않고 자신이 느끼고 생각한 것을 진지하게 서술하면서 글을 펼쳐나간다. 수필을 감상하면 굳이 시를 감상할 때와 다르게, 작가의 사상이나 사고의 깊이 등을 어렵지 않게 느끼고 감동하게 된다. 조홍제 시인의 수필시는 시의 형식을 빌려 쓰면서, 수필을 쓰듯 자연스럽게 이야기를 펼쳐 나간다. 그렇다고 수필 쓰듯이 길게 스토리를 전개하지 않고, 나름대로 수필을 시로 쓰되 간결하게 내용을 정리하여 시를 완성한다.

1. 어머니에 대한 그리움, 그 절절한 사모곡

시인은 주로 어머니에 대한 사모곡을 여러 편 쓰고 있다. 시집 곳곳에 엄마라는 단어가 등장한다. 엄마에 대한 그리움이 크기 때문이다. 그만큼 어머니에 대한 절절한 그리움이 나타나고 있다. 시인에게는 시를 쓴다고 그 감정을 숨기거나 절제할 이유가 없다. 아마 수필시 형식이 아니었다면 이렇게 절절하게 어머니에 대한 스토리를 풀어나갈 수 있었을까 의문이 들 정도다.

코로나19로 닫힌 현관문 앞에 놓여있는 택배박스는
사천 사는 작은언니의 무사 안위를 염원하는 안부편지다
열어보니 부추 무말랭이 고구마순 등등이 들어있고
아니 농사짓느라 거칠어진 언니의 얼굴이 웃고 있었다

따지고 들면 참으로 별거가 별거 아니다 싶겠지만
내게는 무엇보다 소중하고도 반가운 것들이다

너무 일찍 세상 떠난 엄마 덕분에 그저 평범하고도
사소한 것들에서 나는 늘 친정이 그립고 외로웠다
친정엄마가 해주신 김치나 밑반찬, 걱정들에 목말랐
던 것이다

어느새 내가 친정엄마가 된 지금에야 도착한 선물상자는
언니의 땀 냄새를 먹고 자란 채소들이 풀풀 고향냄새를
풍기고
아니 엄마냄새를 닮은 것 같은 정겨움과 달달함마저 묻
어있었다

가져보지도 못한 채 이미 오래전에 잃어버린 줄만 알았던
언제나 그립고 부럽고 갖고 싶었던 친정이 배달되어 온
것이다
알고 보면 언니오빠 내게도 늘 친정이란 것이 있었
던 거다
그저 부대끼며 살아온 세월 속에 서로를 품고만 있었
던 거다

오늘은 바이러스에 꽉 막혔던 소통의 길목을 열어주는
마음 한 자락 풀어내면 작은언니와 나는 마침내 엄마와
딸이 되었다
— 「택배, 오늘의 미션은」 전문

스토리가 있는 시, 다시 말해 수필시이기에 가능한 상

황설정이 살아있다. 사천 사는 작은 언니가 부추, 무말랭이, 고구마순 등등을 담아 택배로 보내왔다. 농사짓는 언니의 얼굴이 떠오른다. 언니를 생각하면 엄마 같은 언니를 생각하면서 곧 엄마를 그리워하게 된다. 친정 언니가 친정엄마를 대신하고 있는 것이다. 그 이유는 친정엄마는 오래전에 일찍 돌아가셨기 때문이다. 그동안 친정 언니가 친정엄마의 역할을 대신해 왔던 것이다. 그런 언니에 대한 고마움이 크지만, 가슴 한가득 채워져야 할 공간, 곧 엄마에 대한 그리움의 공간이 텅 비어 있기에 시인은 엄마에 대한 그리움을 더 갈구하고 있는 것이다.

　　너무 일찍 세상 떠난 엄마 덕분에 그저 평범하고도
　　사소한 것들에서 나는 늘 친정이 그립고 외로웠다
　　친정엄마가 해주신 김치나 밑반찬, 걱정들에 목말랐
　던 것이다
　　- 위의 시 3연

　어머니가 채워주어야 할 공간을 채워주기 위해, 언니가 정성껏 김치를 담아 보내주고, 농사지은 것들을 알뜰살뜰 챙겨서 보내주지만, 시인은 어머니 그 자체가 그립고, 어머니의 손길이 늘 그립기만 하다. 그런 그리움을 절절하게 안타까워하면서 수필시를 통해 표현하려고 노력한 흔적이 드러난다.

　네 잎의 큰 나무가 담벼락을 타고 바람꽃이 필 때면

소금에 절인 마지막 계절은 서둘러 김장을 담그는데
꼭 감싸 안은 포기마다 알싸하게 버무려진 엄마 냄새
가 난다

그렇게 내 엄마도 매운 가슴으로 묵묵히 살다 가셨
지 하고
― 「묵묵히, 나는 익어간다」 1~2연

김장철이 되면 시인은 어머니가 더욱 그립다. 김장 김치
를 포기마다 감싸 안은 모습을 보면서 어머니가 꼭 끌어
안아 주시던 그 체취가 그립기만 하다. 어머니를 그리워
하다 보면 어머니께서 매운맛을 가슴으로 묵묵히 참아가
면서 살다가 가셨을 것을 떠올리면서 어머님에 대한 연민
도 느끼는 시인의 아린 마음이 드러난다.

커피처럼 쌉싸름한 숱한 나의 첫날들 부모님의 막내딸로
태어나던 날 첫돌 첫 입학 첫 생리대 몰래 빨던 날 그렇게
어른이 되고 엄마가 되고 많은 시행착오 속에서 아이들을
낳고 자라고 마침내 첫딸의 결혼식 날에 늘 가슴에 옹이로
박혀있던 친정엄마라는 그 이름을 내게 달아주었지

그렇게 또 무수한 첫날의 발자국들이 찍히고 바래어가도
언제나 첫날은 설렘과 두려움이 공존하는 것
― 「어느 첫날의 단상斷想들」 2~3연

시인은 막내딸로 태어났다. 막내는 특히 부모님의 사랑을 특별하게 받으면서 성장한다. 그런데 어머니께서 일찍 세상을 떠나셨다. 성장하면서 어머니의 손길이 얼마나 많이 필요했을까. 특히 처음 겪어 보는 일들을 만날 때 어머니의 손길이 더욱 필요했다. 시인은 첫 돌, 첫 입학, 그리고 첫 생리 때, 엄마의 손길이 필요하다는 것을 상기시킨다. 첫 생리 때 생리대를 직접 남모르게 빨아야 했던 추억을 떠올린다. 엄마가 계시지 않았기에 누군가에게 속시원하게 묻지도 못하고 혼자 시행착오를 겪으면서 살아야 했던 인생길을 표현하려고 하였다. 그렇게 시행착오 속에 살아오면서 어느덧 어른이 되고, 자식을 낳아 키우고 출가시켜 친정엄마가 되었다. 그 과정을 되돌아보면서 고비마다 친정엄마의 손길이 필요했는데, 그때마다 시인에게는 엄마의 손길이 없었다. 엄마가 계시지 않았기에 시인은 그 아쉬움, 그 안타까움, 그 두려움 속에 친정엄마가 되어야 했음을 가슴 절절하게 표현하고 있다.

오래전에 떠난 엄마는 늘 내 곁에 있었지

오늘은 냄비 속에서 보글보글 끓어대는 시래기로 세상 살아가는 법을 알려준다

아무리 질긴 심장도 어르고 다독이면 부드러워진다는 엄마의 오랜 손맛으로 달콤하고 매콤하게 잘 익어가는 시래기엄마로

　－「마더, 영원한 나의 노스탤지어」 1~3연

　시인은 엄마의 빈 자리를 생활 속에서 나름대로 채워가는 방법을 터득하면서 살아왔다. 냄비에 보글보글 시래기를 끓이면서 어머니는 어떻게 살아오셨을까를 생각하고, 거기에서 엄마를 느꼈다. 엄마의 손맛을 거기에서 찾았다. 달콤하고 매콤하게 잘 익어가는 시래기를 보면서, 시인은 "시래기엄마"라고 표현하였다. 시를 읽고 감상하는 독자로 하여금 가슴 먹먹하게 하는 대목이다. 수필시는 행간에 숨기고, 함축하여 여백에 숨기는 것이 없이 그대로 드러나 있어서 누구나 수필을 읽듯이 수필시를 읽고 감상하면서 시인의 아픔과 그리움을 그대로 느낄 수 있어서, 독자들의 사랑을 받을 수 있을 것이다.

　찬바람으로 불어대는 나의 판타지에는

　엄마가 있고 고향의 작은 집 한 채가 있고 뒤꼍 텃밭에는 새파랗게 들끓는 청춘들이 있고 그 골 사이로 동동거리는 털신도 있다

　－「겨울 칸탄도」 1~2연

　어머니와 오랜 기간 함께 생활한 사람은 어머니께서 살다 가신 그 생애만큼 기억하며 어머니 하면 어머님이 살다 간 그 삶의 공간에 제한되어 생각하기 쉽다. 그러나 시인은 오래전, 어려서 어머님이 돌아가신 것 같다. 너무

나 많은 공간이 텅 비어 있다. 그렇기에 시인은 더 많은 공간에서 어머니를 상상하고 그곳에서 어머니를 상상 가운데 만날 수 있다. 시「겨울 칸탄도」는 그렇게 많은 공간을 시인 스스로 상상의 세계를 펼치며 그 공간 안에 나름대로 어머니를 그려나간다. 찬바람이 불면 거기에 엄마가 있고, 고향의 작은 집 한 채가 있고 뒤꼍 텃밭에는 들끓는 청춘들이 있고 그 골 사이로 동동거리는 털신도 있다. 멋진 상상의 세계를 만난다. 찬바람이 불어도 상상 속에서 엄마가 거기에 계시기에 따뜻함이 있다.

2. 내면의 고통과 고뇌와 처연한 아픔의 표현

시인이 아파하고 고뇌한 문제는 무엇일까. 그는 서문으로 쓴 '시인의 말'에서 "세월이 흘러가면 사람도 언어도 감정도 조금씩 달라진다. // 문학도 그만큼 파노라마치고 우리들은 그 속에서 살아남기 위해 몸부림친다."고 하였다. 살아남기 위한 몸부림, 과연 어느 정도일까?

그들은 또 물었지 "지금은 괜찮아"라고 아니라고 말했지 그녀에겐 또다시 벽이 생기고 또다시 문이 생기고 또다시 방에 갇혀버렸어 원망이 점점 쌓여가는 그 집이 또다시 그 여자 등을 누르고 불안의 기둥이 심장을 찔러댔어 그래도 후회는 없었지 언제나 벽은 쌓이고 헐고 바람은 불어대고 하늘은 높고 구름은 흘러가겠지 그 여자도 언제나 그냥

그렇게 살아가겠지 어떻게 사느냐고 묻고 또 물어도 "그냥
그렇게 살아" 그 여자는 또 대답하겠지 언제나 썩은 기둥은
뽑아내버릴 거라고 그리고 삐꺽대는 문도 떼어버릴 거라고
　－「그냥 그렇게 살아」 5연

　제목은 「그냥 그렇게 살아」 참 평범하고 무난한 말 같
다. 그러나 내용을 들여다보면 너무나 치열하고 힘들다
는 것을 쉽게 알 수 있다. "지금은 괜찮아"라고 묻는다.
그러나 "점점 쌓여가는 그 집이 또다시 그 여자 등을 누
르고 불안의 기둥이 심장을 찔러댔어"라고 서술한다. 그
러한 상황 가운데 하는 말이 "그냥 그렇게 살아"이다. 참
으로 버겁기 이를 데 없는 삶을 드러내고 있다.

　밤이면 밤마다 문을 열어놓아도 기척조차 없는 동굴에서
너는 깊숙이 더 깊숙이 숨어들어 우우 바람으로 불어대다
바람으로 쓰러지고

　아침이면 사라지는 얼음집의 주인도 가끔은 미래를 꿈꾼
다는 것을 그 누구도 눈치채려 하지 않는 무채색이 삐쭉삐
쭉 돋아난 가시울타리엔 햇살마저 축축해진다
　－「고독」 3~4연

　시인은 그렇게 처절하고 아픈 삶을 "고독"이라는 제목
으로 표현한다. 그렇게 처절한 삶을 고독이라고 한다. 밤
이면 기척조차 없는 동굴에 있기에, 누군가에게 도움을

받을 수조차 없다. 오직 혼자 겪어내야 한다. 아예 누구도 눈치채려고조차 하지 않는다. 그만큼 내면의 고통은 겉으로 평범하고 일상적인 삶으로 보였기에 누구도 눈치채지 못하고 있는 것이다. 그런 일상은 가시울타리가 돋아나고, 환하게 비추어야 할 햇살까지도 축축하게 표현되고 있다.

　오늘은 왠지 밑진 장사만 했나 싶다가도 아니지 내 잠시나마 근심걱정 잊었으니 이만하면 세상사는 재미 또한 월척 중에 월척이 아닐는지
　－「낚시 1」8연

　근심걱정을 잠시 잊을 수 있는 것만으로도 세상사는 재미, 또한 월척 중에 월척을 낚은 것이라고 기술하고 있으니, 그 내면에 겪는 근심 걱정, 아픔의 처절함이 어느 정도일지 가히 짐작하기조차 어렵다는 것을 눈치채게 하는 대목이다.

　그저 태어난 김에 살아가는 인생들이 구차한 변명들을 늘어놓을 때면 너와 나 우린 한낱 작은 벌레처럼 두려움과 초라함만이 꿈틀거릴 뿐인데

　썩은 냄새가 진동하는 족속들이 코로 먹고 입으로 탐색하는 저 상한 입들이 대책 없이 뱉어내는 어불성설에도

자꾸만 태어나는 눈먼 바퀴벌레들이 구석구석 싸질러대
는 지독하고 지독한 구린내가 허공을 온통 뒤덮어간다
  ―「바퀴벌레들의 잔상」 4~6연

「바퀴벌레들의 잔상」에서는 우린 한낱 작은 벌레 같다
고 자학한다. 두려움과 초라함이 꿈틀거린다. 썩은 냄새
가 진동하고 어불성설을 뱉어낸다. 모든 것이 옳은 것이
없다. 옳은 것을 찾을 수 없다. 그런 가운데 '자꾸만 태어
나는 눈먼 바퀴벌레들, 이게 인생이다'라고 처연하게 선
언하는 것 같다. 구린내가 온통 허공을 뒤엎어가는 세상
에서 시인은 그 아픔과 고통을 고스란히 견디고 있는 것
이다.

  내 머리 속에는 엉망으로 뒤엉킨 거미줄에 온몸이 결박된
내가 발버둥치고 있었다

  '살려주세요 살려주세요'

  목소리는 한 치도 못 가서 또다시 거미줄에 걸리고 거미
를 먹고 거미가 되어서 분별없이 먹어댄 아집我執의 체증으
로 좔좔 거미줄을 싸지르면서 어느새 나는 나를 허물어 벽
을 쌓고 귀를 막고 스스로를 가두는 편견의 모서리를 만들
고 있었다
  ―「편견에 걸리다」 3~5연

편견이 무섭다. 편견에 걸려들면 헤어날 수가 없다. 시인은 온통 거미줄에 뒤엉킨 것으로 형상화했다. 아무리 발버둥 쳐도 벗어날 수 없다. 온통 거미줄에 결박당해 발버둥 칠수록 더욱 옥죄일 뿐이다. 살려달라고 애타게 하소연하여도 그 하소연조차 거미의 먹이가 되고 있으니 그 절망감이 얼마나 클까 짐작이 간다. 편견에 사로잡힌 세상, 편견에 사로잡힌 자아의 세계를 거미줄에 빗대어 극명하게 표현하고 있다.

누군가에게 날개를 묶인 채 비상한 새는 추락 할 수밖에 없었다

그대도 한때는 신의 목소리로 군림하던 기상氣像이 있었지만 언제부턴가 살아남기 위한 목 죔으로 울음마저 그친 새들의 왕국王國에는 더 이상 새는 없었다

얽히고설킨 둥지 속에서 서로를 물어뜯고 밀어내는 어처구니없는 날갯짓에 하나둘 새들이 날개가 찢겨 죽어가는 무덤 아닌 무덤 속에서 헛기침조차 멈춰버린 신이 존재하지 않는 검은 성에는 깃털만 수북이 쌓이고

출구가 없는 동굴을 가득 채운 날지 않는 저 새 떼들

그곳엔 썩어가는 심장을 파헤치며 때아닌 외눈박이 박쥐들만 푸드덕 대낮에도 검은 눈알 굴리며 새들의 빈 왕국王

國을 지키고 있었다

  ―「무죄無罪」 전문

  새가 날개를 동여맨 채로 비상을 꾀하지만 추락할 수밖에 없다는 내용이다. 날개가 묶여 있는 새로 형상화한 소시민의 희망은, 다시 "출구가 없는 동굴"로 형상화되었다. 동굴에는 한 마리의 새만 있는 것이 아니다. "날지 못하는 저 새 떼들"을 보라. 좌절과 절망 가운데 추락한 새 떼들을 줌으로 확대해서 비추듯이 분명하고 선명하게 조명하고 있는 것이다. 그곳을 지배하고 점령한 것은 오직 외눈박이 박쥐들만 왕국을 이루고 있다.

3. 무엇 때문일까, 탈출구는 없을까.

  그들은 무슨 큰 죄를 지었을까
  어쩌다 태어나서 죽지 않으려고 살아온 날들
  누구의 자식으로 형제자매로 부모가 되어가는 과정에서
  누구보다 최선을 다했다는 자부심은 어디다 던져버리고
  스스로를 부정하며 깡그리 지워버리고픈 불치병을 앓는 사람들

  도대체 그들의 마지막은 무슨 생각이 들었을까
  그렇게 당신의 세포마저 다 태워버린 까닭은
  행여 삶의 비리가 있어서 누구에게 들킬까 봐 두려웠을까

행여 누구의 원망 소리 하나도 용납하고 싶지 않은 욕심
이었을까

스스로의 선택으로 모든 것을 다 던져버린 그 행위에서

얼마나 비참하고 얼마나 고통스럽고 쓸쓸한지 한마디도
없었지만

남은 자들은 영원히 기억하고 기억한다 더 뜨겁고 더 아
프고 더 쓸쓸하게 웃으며

— 「아무도 모른다」 전문

"그들은 무슨 큰 죄를 지었을까"라고 질문을 던진다.
무슨 큰 죄가 있어서, 이렇게 천형 같은 고통을 견디며
살아야만 하는 것일까. "스스로를 부정하며 깡그리 지
워버리고픈 불치병"이다. 그 병을 앓는 사람들로 표현하
였다. 불치병이다. 끌어안고 아파하며 함께 평생 살아가
야만 하는 불치병이다. "행여 삶의 비리가 있어서 누구에
게 들킬까 봐 두려웠을까 / 행여 누구의 원망 소리 하나
도 용납하고 싶지 않은 욕심이었을까" 그 원인이 무엇일
까. 행여 비리가 있어서일까. 욕심 때문일까. 그것도 누구
의 원망 소리 하나도 용납할 수 없는 욕심, 남에게 원망
한마디 듣는 것조차 허락할 수 없는 것이 곧 욕심이라
고 하였다. 소시민들의 순박하고 진솔한 마음을 드러내
고 있다. 그것이 "얼마나 비참하고 얼마나 고통스럽고 쓸
쓸한지" 시인은 "더 뜨겁고 더 아프고 더 쓸쓸하게 웃"는
다고 하였다. 아프기에 웃는다. 아픔이 더욱 크기에 껄껄
웃는 것이다.

우리가 지은 죄라곤 열심히 산 죄밖에 없는데 서로 내 엄마라던 그 시절은 어디로 사라지고 언제부턴가 서로 '너의 엄마잖아'라고 밀어내는 어느새 미운오리새끼 가정파괴범이 되어버렸다

우리도 돌아가고 싶다 요양원이 아닌 그 옛날 여자로 아니 내 엄마 딸로 아니 엄마 뱃속으로 아니 태초의 공간 너머로 언제나 완벽한 여자 온전한 자아를 지닌 나에게로
　－「어쩌다 폭탄이 된 엄마들」 8~9연

그렇다면 무슨 큰 죄가 있어서 이런 고통을 불치병으로 앓아야만 하는 것일까. "우리가 지은 죄라곤 열심히 산 죄밖에 없"다고 진술한다. 열심히 산 죄, 그게 무슨 죄가 되겠느냐는 뜻이다. 시인은 온전한 자아의 회복을 원한다.

세상만사가 천태만상이라 꾼에도 일류 이류 삼류가 있고 낚시 포인트에도 층이 있고 미끼에도 급수가 다 다른데

부유층 포인트는 팔짱 끼고서도 척척 대어만 건져 올리고
　서민층 포인트는 죽도록 던지고 던져도 잡어들만 걸리는데
　별짓을 다 해도 비늘 하나 비린내조차 맡을 수없는 빈민층 포인트는

오래전 헤밍웨이가 내다 버린 썩은 생선뼈조차 감지덕지
라며 우리고 우려 국 끓여 먹는

세상의 낚시터는 생선도 없고 너도나도 없고 우리도 없는
잘난 너만 존재하는 뭐니 뭐니 해도 지독한 머니 머니의 비
린내만 진동하는 온통 머니 머니의 세상이다
  ─「낚시 2」 4~6연

소시민으로 사는 빈민층들과 부유층으로 구분하여 낚
시 포인트를 구별하고 있다. 소시민들의 낚시 포인트에서
는 아무리 낚시를 열심히 던져도 바닥만 긁어대고 건져
올리는 것은 없다. 그러나 부유층 낚시 포인트는 팔짱 끼
고서도 척척 대어만 건져 올린다. 그 이유를 시인은 학연
에 걸린 괘씸죄 때문이라고 하였다. 괘씸죄에 걸리면 아
무리 노력하고 열심히 살아도 괘씸죄의 덫에서 벗어날 수
없는 것이다. 괘씸죄에 걸려들면 그 이후에는 좋은 포인
트를 차지할 수 없고 좋지 못한 포인트를 차지하고 앉아
야 하는 것이다.

그날 이후

시간을 훔치고 언어를 훔치고 양심마저 훔치다 점점 간이
커진 도둑 또다시 도둑의 도둑을 훔치다 마침내 세상마저
훔쳐버린 도둑놈의 소굴에서 기분 좋아 낄낄대며 열어본 상
자 속에는 아뿔싸 이미 도둑맞은 내가 히죽대고 있었지

그 후 온전한 것은 아무것도 없었다

　ㅡ「도둑놈의 세상」 3~5연

　온전한 것은 아무것도 없었다고 선언한다. 왜냐면 모두가 도둑놈의 세상이기 때문이다. 시간을 훔치고 언어를 훔치고 양심마저 훔친다. 도둑의 소굴이다. 다시 말해 공정하지 못한 세상이다. 훔치지 않고 바르게 살려고 하면 공정하지 못한 세상에서 당하고 살아갈 수밖에 없기 때문이다.

　밤이면 밤마다

　도시는 창녀처럼 화장을 진하게 하고서 지나가는 행인들에게 호객행위를 한다

　순자 미자 영자라는 촌스러움을 털어내고 정체불명의 꼬부랑 이름표를 달고서 형형색색의 웃음으로 나그네들 발목을 잡는다

　고객의 신분 따윈 노 지갑의 두께도 노-오 오로지 긴 영수증만을 기대하는 작부들은 그저 숫자놀음에 민감하고 카운터를 지키는 주인들은 찍찍 울어대는 요술 카드에만 온

통 관심을 쏟아대는

　오늘과 오늘 사이로

　이런저런 사연들이 난무하는 하루를 무사히 견디고 돌
아가는 발자국들이 아찔한 포만감에 헛구역질해대는 삶
의 야경 속으로 어느새 너도나도 우리는 점점 빨려 들어가
고 있다

　오늘을 지나 또 오늘 속으로
　-「유혹」 전문

　오늘을 지나면 내일이겠지만, 역시 또 다른 오늘을 살
아간다. 부조리한 세상은 여전히 부조리한 세상일 뿐이
다. 이런 세상에서 순자, 미자, 영자 가깝게 지내던 이웃
들이 어느새 정체불명의 꼬부랑 이름표를 달고, 힘들고
어렵지만 바르게 살아보려는 또 다른 소시민들을 유혹하
고 있다. 어느새 다른 이웃들도 점점 유혹에 빨려 들어가
고 있음을 서술한다. 바르게 살아가던 오늘이 유혹에 빨
려들어 다른 오늘을 맞이하게 된다는 내용이다.

　과연 탈출구는 없을까.

'길 끝에도 길이 있다'는 당신은
마침내 어제의 길을 잘라내고 내일의 새로운 길로 들어
갔습니다

불혹의 동굴에서 탈출구가 필요했던 그 시절 때로는 친
구처럼 언니처럼 엄마처럼 다가온 당신과 걸어온 숱한 사연
들이 어느새 강산이 몇 번이나 바뀌었지요
    －「고별사」 1~2연

"길 끝에도 길이 있다"는 교훈을 새기며, 새로운 길을
모색한다. 어느새 불혹의 나이에 이르렀다. 새로운 탈출
구를 찾아야 한다. 변화가 있어야 한다.

언제나 시인이신 당신 영원히 시인이고 싶었던 당신의 소
망대로 빈소에 당신이 걸어오신 발자취 시집 세 권을 올리
면서 비로소 나는 마지막 인사를 나누었습니다
    －「고별사」 4연

그동안 고뇌와 아픔의 동굴에서 지내다가 탈출의 기회
를 갖고자 고별사를 쓴다. 길 끝에 새로운 길이 있다는
교훈을 되새긴다. 어느 시인이 시집 세 권을 남기고 홀연
히 세상을 떠난 것을 보면서 새로운 탈출구를 찾기 위해

고별사를 준비한다. 그동안 힘들고 고통스러웠던 삶, 부
조리한 인생길, 이제 인생길을 마치고 세상을 떠나가듯이
고별사를 남기고 새로운 인생 여정길을 새롭게 시작하겠
다는 의지의 표현이라고 볼 수 있겠다.

4. 익어감을 택한 시어들

어느새 하루해를 다 버무린 항아리가 발간 아가리를 닫
을 즈음
　휘어져가는 내 나이테를 어루만지며 인생 뭐 별거 있나 싶
다가도
　아직은 색색의 김치 속처럼 속 모를 내일의 맛이 있으리
라 기대해 보는
　설렘으로 익어가는 날들이 행과 연을 지나 고운 문장으
로 숙성될 때
　―「묵묵히, 나는 익어간다」 5연

　시인은 잘 숙성된 삶을 이루어 가고 싶어 한다. 어머니
를 일찍 여의고 많은 실수를 반복하면서 살아왔지만, 적
당히 잘 숙성된 삶을 살고 싶어 한다. 많은 아픔과 고뇌
와 부조리 등등을 경험하며 살아왔지만, 이 모든 것들을
김치 담듯이 버무리고 숙성의 시간을 기다리면 익어갈 것

이다. 아직은 김치 속처럼 덜 익었지만 내일, 미래에는 잘 익어서 맛이 있으리라는 기대 속에 살아간다. 기대는 어느덧 설렘 속에 익어가고 있다. 행과 연을 지나 고운 문장으로 숙성될 때를 기대하고 있다. 그래서 시인은 「묵묵히, 나는 익어간다」라는 제목으로 시를 쓰고 있는 것이다. 탈출구는 익는 것에 있음을 시인은 깨달았고 스스로 묵묵히 익어가고 있다고 선언하고 있다.

   그렇게

   하나의 언어에도 수십 가지의 감정을 지녔으며
   하나의 사물에도 수백 가지의 표정이 실려 있고
   하나의 정황에도 수만 가지의 언행이 따라다닌다

   사람은 사람대로 자연은 자연대로 상황은 상황대로 제각각으로 생각하고 말하고 기록대는 언어는 지구상의 모든 것을 대변하는 오로지 언어만이 지닌 능력으로 모든 것을 뱉어내고 품어간다
   – 「언어의 변주곡」 4~6연

시어 하나에 수십 가지의 감정을 지녔음을 고백한다. 그 감정이 푹 곰삭아 숙성될 때 어떤 미묘한 맛으로 드러날까. 시인은 언어의 변주곡을 노래한다. 사람은 사람

대로, 자연은 자연대로 변주를 시작하게 될 것이다. 묵은 것 같지만 새로운 맛을 드러내는 언어의 변주곡, 이것이 곧 인생 변주곡이다.

이제 끝이야 끝, 끝이라는 말속엔 정말 끝만 있을까
그냥 모든 것을 포기하고 싶다는 그 말은 진심일까
— 「아하」 1연

시인은 '아하' 하고 감탄을 내뱉는다. 끝이라고 말한다고 해서 끝이 아니기 때문이다. 그 말속에 더 깊고 새로운 뜻이 숨어있다. 끝이라고 말했지만, 또 다른 시작이 있을 수 있고, 더욱 견고한 길을 이어갈 수 있기 때문이다. 익어감을 통해 새로운 길이 확실하게 있다는 감탄사 "아하" 시인은 고통을 벗어나 새로운 인생길을 열어 갈 수 있다는 확신을, 단 한마디 감탄사로 표현하고 있다.

제 살을 활활 태우고서야 화려하게 피어나는 꽃이여
— 「불꽃놀이」 1연

"제 살을 활활 태우고서야 화려하게 피어나는 꽃이여"라고 불꽃놀이의 불꽃을 노래한다. 어머님이 일찍 떠나

가서서 막내딸로서 많은 시행착오를 겪으며 살아온 과정
도, 부조리한 세상에서 겪어야 했던 좌절과 고뇌의 아픔
도 모두 제 살을 태우는 과정이었다는 사실을 직시하면
서, 이제 화려하게 피어날 불꽃을 노래한다. 펑펑 불꽃이
어두운 밤하늘을 화려하게 밝힐 것이다.

　　조홍제 시집의 제목은『그냥 그렇게 걸어간다』이다. 그
리고 시의 제목들도 아주 평이하고 평범한 제목이 많다.
흔히 이렇게 평범한 시 제목을 선택하고 시까지 평이하게
쓴다면 너무 재미없는 시가 되고 만다. 독자들은 시를 대
하면서 이런 시를 굳이 읽고 감상할 필요가 있을까 의문
을 갖게 된다. 그래서 시를 쓸 때 "낯설게 하기"라는 시
창작법의 한 가지 방법을 제시한다. 시의 주제와 아주 먼
거리에 있는 시어를 선택하고 시가 되지 않을 것 같지만,
시를 읽고 감상하다 보면 그 시어가 아닌, 다른 시어로는
깊이 숨어있는 시의 내용을 드러낼 수 없어서 그 시어를
선택했구나! 감탄하게끔 시를 창작해야 한다는 것이다.
필자는 평소에 후학들에게 "낯설게하기" 시 창작을 강조
하지만, 그보다 "평범한 내용을 비범하게 표현하거나, 특
이한 내용을 아주 평범하게 표현하라"고 이야기한다. 쉬
워 보이지만 그것 또한 훈련되지 않는 사람에게는 결코
쉬운 시 창작이 아니다. 조홍제 시인은 평범하게 시 제목
을 정하거나 시의 내용을 수필형식으로 쉽게 풀어나가고
있지만, 그의 시는 그렇게 쉬운 주제가 아니다. 가슴 아
프고 진한 여운을 남기는 시편들이다.

수필시라고 부를 수 있는 시이기에 아주 편하게 일상적인 언어들을 구사하는 시어들이지만, 그의 시를 읽다가 가슴이 먹먹해지는 것을 경험하게 될 것이다. 진한 그리움이 있고, 진한 아픔이 있고, 진한 해방감 혹은 황홀한 시어를 만나게 될 것이다. 조홍제 시인에게 찬란한 앞날이 펼쳐질 것을 기대한다.

그냥 그렇게 걸어간다

조홍제 지음

발행처 도서출판 **청어**
발행인 이영철
영업   이동호
홍보   천성래
기획   남기환
편집   이설빈
디자인   이수빈 | 김영은
제작이사 공병한
인쇄   두리터

등록   1999년 5월 3일
       (제321-3210000251001999000063호)

1판 1쇄 발행 2024년 6월 10일

주소   서울특별시 서초구 남부순환로 364길 8-15 동일빌딩 2층
대표전화 02-586-0477
팩시밀리 0303-0942-0478
홈페이지 www.chungeobook.com
E-mail ppi20@hanmail.net

ISBN   979-11-6855-252-4(03810)

본 시집의 구성 및 맞춤법, 띄어쓰기는 작가의 의도에 따랐습니다.

이 책은 ▢ 경남문화예술진흥원 의 문화예술지원을 보조받아 발간되었습니다.
GYEONGNAM CULTURE AND ARTS FOUNDATION